Eine Anthologie von

MURRAY BLANCHAT

Macht euch die Welt untertan

AF200034

ISBN: 978-3-7504-5287-9

Über den Autor:

Murray Blanchat, geboren 1985, ging den Weg von „He-Man" zu „Menace II Society". Aufgewachsen in Bonn-Tannenbusch, einem Schmelztiegel der Kulturen. Erzogen, offen durch die Welt zu gehen. Betrachtete fremde Kulturen und nahm am Leben der Milieus teil.

Inzwischen ist er: Betriebswirt. Berufsschullehrer. Vater zweier Kinder.

In seinen Werken verarbeitet er die Kämpfe seines Lebens und möchte den Lesern seine Sicht auf die Welt durch seine Augen zeigen.

Sein polarisierendes Erstlingswerk

Deep Space Dead

wurde im Redrum-Verlag aufgenommen.

Man findet Murray Blanchat unter anderem auf:

www.lovelybooks.de

und auf Instagram unter: @murray85lmb

Macht euch die WELT untertan von MURRAY BLANCHAT

Anthologie

Edition.82

Bibliografische Information der Deutschen Nationalbibliothek:
Die Deutsche Nationalbibliothek verzeichnet diese Publikation in der
Deutschen Nationalbibliografie; detaillierte bibliografische Daten sind im
Internet über http://dnb.dnb.de abrufbar.

Deutsche Originalausgabe des Taschenbuchs
Erschienen: Januar 2020

Editor und Konzeption der Ausgabe:
M.H. für Edition.82, edition82@gmx.net

Publiziert durch den Autor:
Murray Blanchat

Herstellung und Verlag:
BoD – Books on Demand, Norderstedt

ISBN: 978-3-7504-5287-9

Inhaltsübersicht

Vorwort des Autors

Ich mache mir Sorgen!

Sorgen um eine Welt, die immer wärmer wird. Ich mache mir Sorgen um meine Kinder, die – wenn es so weiter geht – mit einer Welt der Extremen zurechtkommen müssen. Ich mache mir Sorgen um die Tier- und Pflanzenwelt, die aufgrund der Ausbeutung des Planeten immer weiter schwindet.

Ich hoffe, dass die Menschheit ihr Handeln überdenkt, die Ökologie ins Zentrum des Wirtschaftens stellt und abkehrt von der Gewinnmaximierungsmaxime. Ich hoffe, dass die Menschheit lernt miteinander so umzugehen, dass keiner mehr ausgebeutet oder unterdrückt wird. Ich hoffe, dass diese Anthologie *Macht euch die Welt untertan* einen kleinen Teil dazu beitragen kann, auf unser ungerechtes Handeln aufmerksam zu machen. Denn Einsicht ist der erste Schritt zur Besserung!

Auch, wenn die Welt momentan düster aussieht, kann die Zukunft im Lichte der Gutmütigkeit erstrahlen. Immer mehr Menschen setzten sich für eine gerechtere Welt ein. Sei es, wenn es ums Thema Tierschutz und Umweltschutz geht oder wenn sie sich um die Benachteiligten unseres Planeten kümmern. Vor allem die als politikverdrossen verschriene Jugend setzt mit *Fridays for Future* wichtige Signale.

Lasst uns die Welt durch Kinderaugen sehen, um zu erkennen, was getan werden muss. Es ist nicht zu spät zum Handeln. Für eine Zukunft in der auch unsere Kinder und Kindeskinder gut und gerne leben können.

Ich sprach mit meiner Tochter Alesia über die Anthologie, die Tier- und Umweltschutz zum Thema hat, und fragte, ob sie nicht Lust habe, ein Bild zu den Kurzgeschichten zu malen. Ein paar Tage später zeigte sie mir ihr Werk der brennenden Erde. Mich bedrückte es sehr, dass die Kinderaugen, wenn es um den Klimawandel geht, eine brennende Erde sehen.

Alesias Brennende Erde

Die Kuh macht MUUH

In dieser Kurzgeschichte zeigt Murray Blanchat den grausamen Alltag der Kuh Karla in einem Mastbetrieb detailreich auf. Bisher kannte sie nur das schöne Leben auf einem Bauernhof, auf dem alle Tiere zufrieden sind. Doch der Tag kommt, an dem sich Karla in der Hölle wiederfindet.

Wie wird sie die brutale Seite des Lebens überstehen?

Ist im Mai 2019 bereits erschienen als Kindle eBook mit der ASIN: B07RJFNGRW

Ein widerlicher Gestank steigt einem in die Nase, sodass die Augen tränen. Es stinkt bestialisch. Am besten wäre es, keinen Geruchssinn zu haben. Der Boden ist feucht und überaus matschig. Alle im Käfig sind bis zum Bauch verdreckt. Bei keinem der Anwesenden ist auch nur ein Funken Glückseligkeit in den Augen zu erkennen. Die matten, mit Tränen getränkten Augen erzählen eine Geschichte.

Die Neue steht ein wenig unbeholfen im Käfig. Keine der Anwesenden schaut auf. Keine Begrüßung. Sie zittert. Sie tapst vorsichtig umher. Um bloß keine der anderen anzustoßen. Die Neue geht zum Wasserkrug und trinkt. Schaut auf und sieht gegenüber einen anderen Käfig. Dort sind weitere angekettet. Blicken zwischen den Gitterstäben hindurch. Vor ihnen ist das Futter. Die Neue erschaudert merklich.

»Du bist neu hier, oder?«, ertönt eine Stimme neben der Neuen. Es ist eine tiefe, bassreiche Stimme von einer krankhaft fetten Kuh. Das Fett quillt über und bahnt sich seinen Weg gen Erdboden. Auch hat sie Schwierigkeiten beim Atmen. Allein der kurze Satz scheint sie außer Puste zu bringen. Die Neue schaut sie langsam an, ehe sie sagt: »Ja, ich heiße Karla. Und du?«

»Ich heiße Henriette. Du warst vorher noch nie in einem Käfig, stimmt's?«

»Nein! Wo ich herkomme, gab es eine Weide. Ich war bei meiner Familie ...«, sagt Karla. Doch schafft sie es nicht mehr, weiterzusprechen.

»Ich habe es mir gedacht. So geschockt wie du bist. Denen da drüben geht es noch schlechter als uns. Wir können uns wenigstens ein wenig bewegen. Aber sie stehen auf einem harten Boden, angekettet und können nur fressen bis ...«

»Jetzt reicht es aber, Henriette! Du verunsicherst das junge Ding nur«, wird die alte Kuh von einer ebenso fetten unterbrochen. »Ich heiße Frida.«

»Hallo Frida!«, begrüßt Karla sie. »Aber was passiert hier mit uns?«

»Ach Kind, denk' erst gar nicht darüber nach. Iss lieber was, das vertreibt Kummer und Sorgen. Und morgen sieht die Welt schon wieder freundlicher aus«, sagt Frida mit einem Ton, der eine Spur zu hoch ist, um glaubwürdig zu sein. Doch scheint sie nicht weiter nachbohren zu wollen und fängt an, ihr Mahl einzunehmen.

Sie schaut auf und sieht die anderen noch beim Fressen.

»Schon satt?«, fragt Henriette skeptisch. Karlas Nicken ist kaum wahrnehmbar. Henriette schnaubt verächtlich. »Du musst dich daran gewöhnen, mehr zu futtern!«

»Aber warum?«, fragt Karla.

Doch bevor Henriette antworten konnte, grätscht Frida wieder rein: »Jetzt lass' das Kind doch erst einmal ankommen«, um sich dann zu Karla zu drehen und freundlich zu fragen: »Erzähl' mal, wo kommst du denn eigentlich her?«

»Ich ... ich komm' von einer Weide. Sie war wunderschön. Das Gras war saftig und knackte beim Kauen. Wir waren sieben Kühe, 13 Kälber und mein Papa. Der hat sich aber nicht oft gezeigt. Wir hatten Platz. Nicht so wie hier. Wir konnten uns bewegen. Und lebten in einem Stall, der uns vor Regen und Wind schützte.

Den Stall haben SIE regelmäßig gesäubert. Daher roch es dort angenehm. Auch andere Tiere lebten dort. Es gab dort Hühner und einen nervigen Hahn. Obwohl er winzig war und dort nichts zu sagen hatte, machte er einen Lärm. Vor allem morgens hatte man Schwierigkeiten, sein eigenes Wort zu verstehen. Aber nun, wo ich es nicht mehr höre, vermisse ich ihn. Auch gab es Schweine. Sie hatten nicht so viel Platz wie wir und suhlten sich im Matsch. Ihnen hätte es hier bestimmt gefallen. Fliegen gab es dort. Sogar mehr als hier. Sie nervten. Besonders, wenn sie einem ins Gesicht flogen. Ich schlug mit meinem Schwanz nach ihnen. Für einen Wimpernschlag verschwanden sie dann auch. Aber kehrten sofort zurück. Schmetterlinge mochte ich besonders. Sie glitten mühelos durch die Luft. Es war, als fiele ein Blatt von einem Baum und wird vom Wind durch die Luft getragen. Es steckte viel Anmut in ihrer Bewegung. Es gab aber auch Zeiten, in denen das Grün nicht mehr so saftig war und es kalt wurde. Dann verschanzten wir uns im Stall. Ich hasste diese Jahreszeit. Eingesperrt mit meiner Familie. Vor allem mit meiner Schwester Gerlinde. Auf der Weide verstanden wir uns, aber mehr als einen Tag im Stall und wir stritten unerbittlich. Wir kämpften, wer zuerst das Heu essen durfte. Ich war schneller und deswegen zuerst da, aber bevor ich den ersten Biss nehmen konnte, drückte sie mich weg. Sie war kräftiger, deswegen gewann sie meistens. Dann schimpfte ich. Doch Mama sagte nichts. Ich mochte das Heu noch nicht einmal gern. Auch war es egal, weil SIE uns genügend Futter brachten. Ich trabte immer auf und ab. Ich konnte es nicht erwarten, dass wir wieder rausdurften. Raus auf die Weide. Ich liebte die Zeit, in der alles frisch war. Dieser Duft der Blumen.

Und wie er in die Nase stieg. Ich atmete extra tief ein. So tief ich nur konnte. Am liebsten hätte ich den kompletten süßen Duft, der in der Luft lag, in meine Lunge aufgesogen und abgespeichert. Besonders jetzt vermisse ich diesen Geruch. Wie gern hätte ich jetzt etwas davon!«, erzählt Karla und schaut mit wässrigen Augen gen Boden. Frida stupst die Neue an.

»Aber, aber, meine Süße. Sei nicht traurig.«

»Was soll sie denn sonst sein?«, platzt Henriette ins Gespräch.

Frida schnaubt vor Wut und mault: »Halt du dich da raus, du verbitterte Kuh!«

Tränen rinnen Karla aus den Augen. Sie laufen die Wange runter und tropfen auf den mit Fäkalien beschmierten Boden. »Ihr streitet wie meine Tanten. Nur, dass sie nicht mehr bei mir sind!«

»Was ist denn mit ihnen passiert? Warum sind sie nicht mitgekommen?«, fragt Henriette.

Frida antwortet für Karla: »Das geht dich gar nichts an! Lass sie endlich in Ruhe!«

»Nein, schon gut«, sagt Karla mit dünner Stimme. »Sie hatten Glück. Sie mussten das nicht miterleben. Bevor wir abtransportiert wurden, brachten SIE meine Tanten zur Quelle!«

»Zur Quelle?«, fragt Henriette. Und auch Frida guckt Karla fragend an.

»Gibt es hier keine Quelle? Der Ort, an den SIE einen bringen, an dem absoluter Frieden und Glück herrscht. Es ist so schön dort, dass kein Tier, das dorthin gebracht wird, je wieder wegmöchte. Ich habe mich immer so für alle gefreut, die zur Quelle durften. Wenn es hier keine Quelle gibt, wäre der Ort noch trostloser.«

»Ach mein Kind«, stößt Frida mitleidig aus.

»Das mit der Quelle darfst du ihr jetzt erklären«, zischt Henriette.

Frida schabt mit dem Huf auf dem Boden und setzt dann zaghaft an: »Also, an dem Ort, den du Quelle nennst, herrscht kein Glück und Frieden. Dort werden wir alle geschlachtet. Deswegen kehrt niemand von dort zurück.« Die letzten Worte waren kaum zu vernehmen, mit so viel Ehrfurcht hat Frida sie gesprochen.

»Geschlachtet?«, fragt Karla.

»Zerstückelt! Zerhackt! Sie essen uns! Dafür sind wir hier«, erklärt Henriette.

Karlas Miene verzerrt sich in Angst. »Oh mein Gott«, wispert sie.

»So, ich erklär' dir mal, was hier vor sich geht. Das hätte ich schon längst tun sollen«, sagt Henriette mit einem vorwurfsvollen Blick Richtung Frida. »Magda komm' mal her und erzähl der Neuen, wie es als Milchkuh war, bevor du hier gemästet wurdest!«

Eine fette Kuh kommt langsam angetrottet. Sie schaut Karla von unten bis oben an. »Da haben SIE aber viel zu füttern. Wie dürr du bist!«

Karla schaut verwirrt. »Was meint ihr damit?«

Die fette Kuh sagt schmatzend: »Also SIE stopfen uns hier mit Futter voll, um uns danach zu schlachten. Sie wollen unser Fleisch, verstehst du?«

Karla nickt erschrocken.

»Aber manche von uns haben vorher Milch geben müssen.«

»Ach, das tat meine Mutter auch. Sie genoss es immer. Ich war leider noch nicht an der Reihe.«

»Hier ist es nicht so angenehm. Du wirst an eine Maschine angeschlossen. Anfangs zwickt es etwas. Doch schon nach dem ersten Tag brennt sich ein Schmerz die Zitzen entlang zum Euter hoch, nur um sich weiter in deinem Körper auszubreiten. Dieser Schmerz droht dich in Stücke zu reißen. Doch tut er es nicht. So nett sind SIE nicht. Sie zerren dir den letzten Tropfen Milch aus dem Euter. Und wenn du keine Milch mehr hast, dann bringen SIE dich in einen gesonderten Käfig. Du bist allein. Du hörst IHRE Stimmen. Aber siehst SIE nicht. IHR hinterhältiger Dunst liegt in der Luft. Manchmal sind SIE gnädig und beginnen sofort. Aber mal lassen sie dich allein in diesem Käfig schmoren. Du weißt, dass es passiert, doch es passiert nichts. Du stehst den ganzen Tag nur rum und bist allein mit deinen Albträumen. Keine andere Kuh, die dir zur Seite steht. Die dir Trost spendet. Nur du und deine Gedanken. In denen du wieder für wieder durchspielst, was passieren könnte. Besonders bitter, wenn du glaubst, dass SIE dich vergessen haben. Und SIE dich in Ruhe lassen. Noch schlimmer, wenn du glaubst, dass SIE dich frei lassen. Dass du auf eine Weide gebracht wirst, auf der du grasen kannst. Auf der du dich bewegen kannst. Auf der du mit anderen Kühen leben kannst. Gerade wenn du Hoffnung hast, dass dir doch nichts passiert. Gerade wenn du dir ausmalst, wie schön das Leben sein könnte. Genau dann passiert es. Wehren bringt nichts. Ein Monstrum wird in den Stall geschoben. Es hat die Form eines Bullen, doch es ist kalt, wie die Gitterstäbe, mit denen SIE uns gefangen halten. Wenn du dich wehrst, dann halten SIE dich fest. Dieses Monstrum wird dir von hinten übergestülpt. Dann drückt es sich ...« Magdas Stimme versagt und sie schaut zur Seite weg.

Karlas ganzer Körper zittert. Ihr Stand ist dabei unsicher. Es wirkt, als würden sie ihre Beine nicht mehr lange tragen. Ihre

Augen sind aufgerissen. »Das ist die Hölle«, kriecht die schreckliche Wahrheit aus ihrem Mund.

Magda nickt. »Doch schlimmer ist, was dann passiert! Du wirst schwanger. Als ich das erste Mal ein Kalb erwartete, freute ich mich. Ich stand mit anderen Kühen in einem gesonderten Stall. Ich freute mich sehr auf meine Geburt. Die anderen waren alle todtraurig. Ich dachte, sie würden es mir nicht gönnen, schwanger zu sein. Sie redeten auf mich ein. Dass ich mich nicht freuen dürfe. Dass es alles nur noch schlimmer mache. Doch ich machte den Fehler und freute mich. Hätte ich bloß auf die älteren gehört. Ich malte es mir aus, einen Bullen zu werfen. Er wäre groß, stark und hätte gewaltige Hörner. Wie gern hätte ich ihn großgezogen. Ihn mit meiner Milch ernährt. Ihn geputzt. Ihm beim Spielen mit den anderen Kälbern beobachtet. Ich hätte ihn Ferdinand genannt.« Es rinnen der fetten Kuh dickflüssige Tränen aus den Augen. Sie vermischen sich mit dem Dreck in ihrem Gesicht und so sieht es aus, als würde ihr Eiter aus den Augen strömen. Mit ihren eitrigen Tränen im Gesicht redet sie jedoch auf die geschockte Karla weiter ein. »Mach das niemals, habe niemals Hoffnung hier!«

Karla stammelt: »Em ... und ... em ... was ... ist mit Ferdinand passiert?«

Magda schüttelt den Kopf. »Es war direkt nach dem ich ihn geworfen hatte. Ich war so stolz auf ihn. Ich konnte ihm noch nicht einmal das Blut aus dem Gesicht lecken. Da kamen SIE schon rein. Diese Monster! Diese stelzenartigen Wesen. Mit ihren Tentakeln, mit denen SIE alles greifen, was auch immer SIE wollen. SIE rissen mir meinen Ferdinand aus meiner Obhut. Ich stand daneben und doch konnte ich ihm nicht helfen. Es gab kein Entrinnen. Ich schrie, so laut ich konnte. Ich stampfte auf den Boden. Doch hielten SIE mich mit ihren kalten Klauen fest. SIE halten dich und du kannst nichts mehr machen. Du würdest gerne. Doch geht es einfach nicht, wenn SIE dich festhalten. Ein weiterer von IHNEN kam in den Käfig und riss meinen kleinen Ferdinand aus meinem Herzen raus. Und damit auch jegliche Hoffnung. Ich hörte ihn schreien. Er rief nach mir: ›Mama! HILF MIR! MAMA!‹ Ich hatte mich nie wieder gefreut, als ich trächtig war. Ich habe meinen Kälbern nie wieder Namen gegeben.«

»Wie, du warst danach wieder trächtig?«, entrüstet sich Karla. Doch Magda schaut auf den Boden. Sie dreht sich langsam weg und trabt zur Futterstelle. »Es tut mir leid! Wirklich! Ich wollte nicht ...«, ruft Karla ihr nach.

»Du kannst nichts dafür, meine Süße!«, sagt Frida freundlich. »Es sind SIE, die uns das antun. SIE schwängern uns, dann entreißen SIE uns unsere Kälber, nur um unsere Milch aussaugen zu können. Wenn die Milch versiegt, schwängern sie uns wieder. Entreißen uns wieder unsere Kälber und saugen uns wieder aus. Und das wieder und wieder. Sie saugen nicht nur unsere Milch, auch unsere Seele aus. Deswegen sind wir im Käfig, wie wir sind. Manchmal stecken SIE welche wie dich und mich hierher.«

Karla und Frida fressen am Futterkrug. »Frida, wer sind die? Die sehen so komisch aus!«, sagt Karla und nickt rüber zu den Angeketteten. Frida senkt den Kopf. Eine einzelne Träne kommt aus ihrem Auge gekrochen. Erst zaghaft lugt sie hervor, in welche

Welt sie geraten ist, um dann zügig ihren Platz auf dem Boden zu finden. »Es sind Bullen«, sagt Frida kurz angebunden.

»Aber wo sind denn ihre Hörner?«, fragt Karla geschockt. Frida versucht, etwas zu sagen, doch steckt ihr ein Kloß im Hals, der jedes Wort erstickt, das vorbeimöchte. Henriettes Stimme ertönt. »Die werden ihnen abgesägt. Damit die Bullen IHNEN nicht mehr gefährlich werden können. Deswegen stecken sie auch angekettet zwischen den Gitterstäben. Vor unseren Bullen haben SIE Angst. Und obwohl unsere Liebsten mächtig sind, haben sie gegen SIE keine Chance. Ihr übermäßiges Gewicht erdrückt ihre Knie und Knöcheln. Der harte Boden auf dem sie stehen, verübt das Übrige. Frida ist so traurig, weil da drüben ihr Carlo steht. Doch hat er nicht mehr lange.« Ein fürchterlicher Ton unterbricht Henriettes Ausführungen. Der Ton lässt einem das Mark erschaudern. Ein schriller Zeuge, dass in diesem Moment etwas passiert, das nicht in Worte gefasst werden kann. Der Zeuge schreit das Unrecht laut in die Welt, sodass auch niemand sagen kann, er wisse von nichts.

»Was war das?«, fragt Karla unsicher. Unsicher, ob sie die Antwort ertragen könne.

»Es war wieder mal ein Kalb! Das wirst du immer mal wieder hören. Manche sterben sofort, sodass du nichts hörst. Aber manche wehren sich. Dann wird es laut.« Karla ist der Schreck ins Gesicht geschrieben. Unruhig trabt sie auf der Stelle. Ihr Atem wird schneller und flacher. Hektisch schaut sie umher.

»Das hast du toll gemacht Henriette!«, bricht es aus Frida heraus. »Beruhig' dich, Süße! Es bringt nichts, auszuflippen. Du tust jemanden noch weh.« Doch Karla trabt immer wilder umher. Sie tänzelt herum und stößt gegen Magdas fettes Hinterteil.

»Hey, kannst du nicht aufpassen!«, empört diese sich. Karla lässt sich nicht beruhigen.

»Jetzt hör doch auf! Sonst kommen SIE«, sagt Frida mit einem schrillen Tonfall.

Henriette stößt ihren Schädel unsanft gegen Karlas Kopf. Karla sackt zusammen. »Lieber, ich strecke dich nieder, als SIE tun es«, sagt sie.

Karla schüttelt ihren Kopf und rappelt sich hoch. »Es tut mir leid!«, sagt Karla schüchtern.

Karla schläft unruhig auf den matschigen Boden. Sie murmelt. Doch nur unverständliches Gebrabbel. »NEIN! BITTE NICHT!«, schreit sie auf. »GIBST DU ENDLICH RUH!«, ertönt eine angesäuerte Stimme. »Es tut mir leid!«, sagt Karla kleinlaut. Doch bleiben ihre Augen offen. Sie geht zum Wasserkrug und genehmigt sich einen Schluck. Im Wasser wird die Lampe reflektiert, wodurch Karla ihr Spiegelbild erblickt. Sie blickt sich an und sieht, wie ihr Hals schon fetter wird. Sie sieht sich schon, wie sie Magdas Ausmaße annimmt. Sie erschaudert und doch blickt sie sich weiter an. Sieht den Dreck, der ihr im Gesicht klebt. Sie trinkt noch einmal einen Schluck.

»Psst!«, hört Karla vom Bullenkäfig. Karla schaut auf. »Du bist doch die Neue?«, ruft Carlo mit gedämpfter Stimme rüber. Karla nickt zaghaft. »Du verstehst dich doch mit Frida, oder?« Und wieder nickt Karla. »Sag ihr, dass ich sie liebe und auf der anderen Seite auf sie warte«, flüstert er. Dann bewegt er seinen Körper zurück. Die Kette macht einen Ruck und es ist ersichtlich, dass sie um seinen Hals gewickelt ist. Dadurch kann Carlo nicht entfliehen. Er lässt sein ganzes Gewicht nach hinten fallen. Die Kette wickelt sich weiter rasselnd um seinen Hals.

»Du schaffst es nicht, die Ketten zu zerreißen! Lass es lieber!«, sagt Karla mit ebenso gedämpfter Stimme, wie es eben noch Carlo tat. Doch dieser schiebt sein Gewicht weiter und weiter in die entgegengesetzte Richtung. Die Kette schnürt dem Stier die Kehle ein. Er geht langsam zu Boden und doch drückt er mit seiner letzten Kraftreserve.

»Oh mein Gott, er will nicht fliehen! Er will sich umbringen!«, schreit Karla schrill.

»Wer will sich umbringen?«, fragt die noch schläfrige Magda. Doch dann reißt sie ihre Augen auf.

»Frida! Frida! Dein Carlo!«, schreit sie panisch.

»NEEIN! Carlooooooo! Hör auf! Bitte!« Nun ist auch Frida endlich wach. Sie versucht, sich durch die Gitterstäbe zu quetschen, um zu ihrem geliebten Carlo zu gelangen. Vergebens. Die Gitterstäbe sind zu eng. Auch die anderen Kühe im Stall sind nun wach. Es ist ein heilloses Durcheinander. Es wird gebrüllt. Geschrien. Geheult. Gefleht. Doch es hilft alles nichts. Carlo ist schon nicht mehr bei Bewusstsein. Das Gewicht seines ohnmächtigen Körpers drückt automatisch nach unten, was wiederum die Kette seinen Hals noch stärker einschnüren lässt. Inzwischen quillt Carlos fleischige Zunge aus seinem Maul.

»Was ist denn hier los?«, ertönt eine wütende Stimme.

»Das ist einer von IHNEN, lass uns lieber verstecken!«, flüstert Magda ehrfurchtsvoll in Richtung Karla und Frida.

Doch Frida schreit und stößt ihren Kopf weiter gegen das Gitter. Karla und Magda machen einen Schritt zurück. Ein lauter Knall ist zu hören. Es wird ein Metallstab gegen die Gitterstäbe geschlagen. Alle Kühe weichen etwas zurück. Außer Frida. Sie stößt sich weiter mit Kampfesgebrüll gegen das Gitter. Die Metallstange wird gegen Fridas Schädel geschlagen. Sie taumelt kurz und geht krachend zu Boden.

Ein zweiter kommt dazu. »Scheiße, was ist hier denn passiert! Schau dir dieses Mistviech an!«, brüllt ER verärgert. Der erste begutachtet nun Carlo. Dann befindet er: »Ist doch egal! Er war eh reif. Leiten wir alles in die Wege, dass uns das gute Fleisch nicht schlecht wird!«

Karlas Körper bibbert noch im Schlaf. Frida hingegen weint. Auch wenn sie leise weint, ist ein Wimmern zu vernehmen. Karlas Augen öffnen sich langsam. Sie schaut zu ihrer Freundin hinüber. »Oh Gott, ich bin eingeschlafen. Das wollte ich nicht, Frida!«

»Es macht doch nichts. Ich ... ich ... komm schon klar!«, behauptet sie schluchzend.

»Wir haben hier schon schlimmere Geschichten erlebt«, meint Henriette. »Er hat seinen Tod wenigstens selbst gewählt.« Sie nickt hinüber zum Bullen-Käfig.

»Was wollen SIE?«, erschreckt sich Karla.

»SIE holen die restlichen reifen Bullen!«, sagt Henriette trocken.

Im Hintergrund ist Fridas Wimmern zu vernehmen. Die abgeführten Bullen stampfen und schnauben. Doch merkt man ihnen an, dass die meisten die Kraft zum Kämpfen verloren haben. Sie werden an ihren Ketten aus dem Käfig gezerrt. »Widerspenstige

Tiere! Wollt ihr endlich hören!«, empört sich einer der Mitarbeiter des Schlachtbetriebes. Einer der Bullen zieht seinen Kopf nach hinten und stemmt seinen Körper gegen die Kette. Der Mitarbeiter, der diesen Bullen führt, wird nach hinten gerissen und landet unsanft auf seinem Hinterteil. Der Bulle bäumt sich auf. Seine mächtigen Hufen wedeln drohend in der Luft. Doch bevor der Bulle seine Hufe auf das Gesicht des Mitarbeiters stürzen kann, bekommt er auch schon einen Stromschlag. »Verdammtes Mistviech!« Und der Bulle erhält noch einen Elektrostoß. »Verflucht, was ist denn heute los mit euch?«, regt ER sich weiter auf. ER zieht an den Ketten des Bullen. Dieser kommt langsam auf die Hufe und trottet mit.

»Was passiert mit ihnen?«, fragt Karla. Doch keine der anderen Kühe fühlt sich in der Lage, zu antworten.

Im Hintergrund ist Fridas Wimmern zu hören. Dann sind die Schreie der Bullen zu hören. Einer der Bullen schreit, als würde sein Leben davon abhängen: »NEIN! HILF MIR! BITTE! HELFT MIR! NEEEEIIIN!« Ein ratterndes Geräusch ist zu hören. Dann ist alles totenstill. Alle Bullen sind verstummt. Keiner der Kühe gibt einen Ton von sich. Sogar Fridas Wimmern ist verstummt. Karla schaut sich ungläubig um. Sie sieht ihre Freundin Frida an und erkennt, wie die sonst so selbstsichere Kuh zittert. Karla lässt ihren Blick weiter zu Magda wandern. Zu dieser krankhaft fetten Kuh. Ihr Fett quillt schon an Stellen hervor, an denen Kühe eigentlich kein Fett haben. Ihre Beine wackeln. Es ist schwer zu sagen, ob aufgrund des unbändigen Gewichts, das sie tragen müssen, oder des schockierenden Ereignisses, das sich abgespielt hat.

In der Stille ist ein Knacken zu hören, ein grässliches Geräusch. Ein Geräusch, bei dem sofort klar ist, hier ist etwas Schlimmes passiert. Keine Sekunde später jault Magda laut auf. Es ist ein schmerzerfülltes Gebrüll. Alle Augen sind auf diese fette Kuh gerichtet. Und alle sehen, was passiert ist. Ein Fußwurzelknochen konnte dem Gewicht nicht mehr standhalten und ist eingeknickt. Magda müsste sich hinlegen, doch bleibt sie weiter stehen. Sie schreit wie aufgespießt und just in diesem Moment, drückt sich der Mittelfußknochen aus ihrem fetten Fleisch raus. Das Blut spritzt in alle Richtung. Magda knickt endlich ein und landet auf ihrer Seite. Das Blut fließt weiter und bildet einen kleinen Fluss auf dem matschigen Boden. Dieser Fluss aus Blut bahnt sich seinen Weg Richtung Karla. Sie gibt einen angewiderten Ton von sich. Der Fluss fließt unaufhaltsam auf sie zu. Bevor dieser jedoch ihre Füße erreicht, macht sie einen Satz zur Seite. »Hilf ihr doch jemand!«, schreit sie hilflos. Auch Henriette und Frida stehen daneben und schauen sich ratlos an. Henriette geht rüber zu den Gitterstäben und ruft: »Hey! Magda ist verletzt! Kommt schnell her!«

Karla schaut irritiert und sagt: »Du kannst SIE doch nicht rufen! Lass das! Nachher schlachten SIE uns alle!«

»Sei still!«, schnauzt Frida sie ungewöhnlich harsch an. »Nur SIE können ihr helfen!«

Henriette ruft weiter nach Hilfe. Tatsächlich, einen Augenblick später, kommen ein Arzt, der Produktionsleiter und zwei Mitarbeiter. Beide Mitarbeiter haben Stangen. Sie dringen in den Käfig ein und stoßen die Kühe um Magda herum weg. Karla schnaubt verächtlich und auch sie weicht vor der Stange zurück. Der Arzt schaut sich Magda an. »Ihr ist nicht mehr zu helfen!«, beurteilt

ER. Frida schreit kurz auf. Sofort bekommt sie eine Stange auf den Kopf geschlagen. Sie verkriecht sich in die hinterste Ecke. »Sie muss geschlachtet werden!«, urteilt der Arzt weiter. Ein Raunen geht durch die Reihen der Kühe.

Karla schleicht sich rüber zu Henriette. »Wir müssen etwas tun!«, flüstert sie. Doch Henriette schüttelt nur mit dem Kopf.

»Wir können sie noch nicht schlachten. Wir müssen bis morgen warten. Verbinde sie doch, bitte. Morgen holen wir sie«, erklärt der Produktionsleiter.

»Ja gut, wird gemacht«, sagt der Arzt und legt einen Verband um Magdas Fuß. Magda ist inzwischen so schwach, dass sie noch nicht mal mehr ihren Kopf heben kann. Nachdem der Arzt sie verbunden hat, schaut ER sich die anderen Kühe an. »Hör mal! Die da solltest du auch morgen schlachten. Die macht nicht mehr lange!«, sagt er und zeigt auf Henriette.

»Henriette bekommt ihr nicht!«, schreit Karla und stürmt auf den Arzt zu. Ein dumpfer Knall ist zu hören und Karla kommt vor den Füßen des Arztes zum Erliegen. Einer der Mitarbeiter hat sie mit einem gezielten Schlag niedergestreckt. Dann gehen SIE raus. Und überlassen die Kühe wieder sich selbst.

Karla öffnet langsam die Augen. »Mach das nie wieder! Nachher schlachten SIE uns noch alle!«, sagt Henriette streng zu der erwachenden Kuh.

Karla schüttelt ihren Schädel. »Das tut immer noch verdammt weh!«, jammert sie. »Ich verstehe euch nicht. Wir müssen doch etwas tun. Wir können dich und Magda nicht gehen lassen. Wir brauchen euch!« Karla macht eine kurze Pause, um mit einem

flehenden Unterton weiterzusprechen: »Ich brauche euch!«
Tränen rinnen ihr über das Gesicht.

Frida kommt zu ihr, um sie zu trösten. Sie reibt ihren Körper
liebevoll an Karlas. »Hör auf mit den Kindereien! Verhalte dich
endlich wie eine Erwachsene! SIE sind zu mächtig! Und wir dazu
bestimmt, geschlachtet zu werden.« Karla nickt und legt sich zu
Magda.

Magda liegt auf der Seite. Ihr Atem ist flach. Dann zuckt ihr Huf
und schabt über den matschigen Boden. »Magda ist wach!
Magda ist wach!«, ruft Karla die anderen herbei. Karla nimmt ein
Wispern wahr. Dann senkt sie ihren Kopf und legt ihr Ohr neben
Magdas Mund. »Du musst tapfer sein für die anderen!«, haucht
sie kraftlos in Karlas Ohr. »Ich bin froh, dass du da bist! Du bist
eine gute Seele. Munter die anderen bitte auf. Sie können Zuspruch gebrauchen. Ja? Tust du mir diesen Gefallen?«

Karla nickt eifrig. »Natürlich, ich verspreche es dir!«, sagt sie
mit geschwellter Brust.

Am nächsten Tag wird Magda auf eine Trage gehievt. Dann
rollen die Mitarbeiter die übergewichtige Kuh ab. Dabei bleiben
ihre Augen geschlossen. Auch Henriette wird abgeführt. Widerstandslos läuft sie mit. Sie hebt ihren Kopf hoch. Frida heult. Tränen sprießen aus ihren Augen. Als die beiden Kühe aus dem
Käfig gebracht werden, drückt sie sich gegen die Gitterstäbe.
»Nein! Bitte bleibt! Geht nicht weg!«, schreit Frida aus vollem
Leib. Einen Huf streckt sie durch die Gitterstäbe Richtung Henriette. »Henriette bleib bei mir! Bitte!«, fleht sie.

Karla trabt sachte zu ihr. Sie reibt ihren Körper an den ihrer
Freundin. »Sei stark! Für Henriette und Magda!«, sagt sie leise,

doch ist ihre Stimme getränkt von Selbstbewusstsein. Frida zieht ihren Huf aus den Gitterstäben und vergräbt ihr Gesicht in Karlas Hals. Sie heult. Und Karla ist für sie da. Ihre Augäpfel zittern aufgeregt hin und her. Sie glänzen, da sie mit Tränen gefüllt sind. Doch bleibt jeder einzelne Tropfen in Reih und Glied stehen. Keiner verlässt ihre Augen.

SIE bringen eine neue Kuh in den Käfig. Unsicher schaut sie sich die anderen an. Sie zittert. Der Ekel ist ihr ins Gesicht geschrieben. Von den alten Kühen sind bloß noch Frida und Karla übrig. Beide sind inzwischen fett. Karla ist so fett, dass sie beim Gehen nun mehr humpelt. Eine große eitrige Wunde klafft an ihrem Knöchel. Sie trottet sichtlich unter Schmerzen zur Neuen. »Hallo, ich heiße Karla. Und du?«, stellt sie sich völlig außer Atem vor.

Die Neue weicht einen Schritt zurück, um zurückhaltend zu antworten: »Hallo, ich heiße Susi.«

Karla mustert die Neue von oben bis unten. Sie hat kaum Fleisch an den Rippen. Ist drahtig. Ihre Muskeln sind deutlich zu erkennen.

»Du hast vorher auf einer Weide gelebt, he?«, stellt Karla fest. Ihr Blick wandert ins Leere.

Die Neue nickt verschüchtert. Dann fragt sie: »Woher weißt du das?« Doch Karla antwortet nicht.

»Ehe sie vor einem Jahr herkam, lebte sie selbst auch auf einer Weide«, antwortet Frida für ihre Freundin. »Komm, ich zeig' dir, wo alles ist!«, sagt sie und führt die Neue zum Futter- und Wasserkrug.

»Warum ... Warum haben wir so wenig Platz? Und warum ist hier alles verdreckt? Und im Stall hatten wir auch anderes Futter! Futter, das nicht stinkt!«

»Ach, meine Liebe!«, seufzt Karla. »Sind die Alten deiner Herde auch zur Quelle gegangen?« Susi nickt zaghaft. »Ja, das sagten sie mir auch, damals. Und so wie du habe auch ich daran geglaubt. Wie enttäuscht ich war, als ich hierherkam. Ich war so traurig, nicht zur Quelle zu kommen, wie meine Eltern. Sie nicht in der Quelle zu sehen, versetzte mir einen Stich ins Herz. Damals dachte ich, ich würde es nicht überleben. Und nun stehe ich vor dir. Nicht mehr die naive Kuh von damals. Eine Quelle gibt es nicht. Wir werden geschlachtet. Damit SIE unser Fleisch verspeisen können!«

Susis Augen sind weit aufgerissen. Ihr Kiefer hängt kraftlos hinab. »Was, das glaube ich nicht!«, sagt sie nach einer Weile geistesabwesend.

Karla frisst vom Futter, um dann schmatzend zu erwidern: »Das habe ich damals auch nicht. Aber das, was du hier erleben wirst, wird dein Bild von der Welt in Stücke zerreißen!« Während Karla redet, fliegen Speisereste durch die Luft. Die Neue zieht ihren Kopf angewidert zur Seite weg. Und alle sehen ihre Grimasse des Ekels.

»Jetzt lass das arme Ding doch erst einmal ankommen!«, sagt Frida mütterlich.

»Du weißt selbst, umso früher sie die Wahrheit kennt, desto besser für sie!«

»Ja, ja, das weiß ich, aber morgen können wir ihr immer noch alles erzählen!«

Am nächsten Morgen werden die Kühe von einem Bollern gegen die Gitterstäbe geweckt. Karlas Lider öffnen sich erst zögerlich. Nach dem nächsten Knall schreckt ihr Kopf hoch. Sie sieht nichts, da ihr die anderen Kühe im Blickfeld stehen. Mit großer Mühe rappelt sie sich hoch. Sie hat sichtlich Schwierigkeiten, ihren massigen Körper aufzurichten. Stöhnend schafft sie es endlich. Sie sieht die Ursache des Bollerns. Es ist Susi. Die neue Kuh. Sie schlägt ihren Schädel wieder und wieder gegen die Gitterstäbe. »Hör doch auf, bitte!«, versucht Frida sie zu überzeugen. Aber es bringt nichts. Susi malträtiert ihren Kopf weiterhin.

Der erste Bluttropfen macht sich auf den Weg. Er geht ganz gemächlich von der Wunde runter Richtung Brauen. Dort stoppt er kurz. Als ob er sich entscheiden müsste, wo es weitergehen soll. Der Blutstropfen entscheidet sich nur zögerlich. Er hat sich für die Innenseite entschieden und wandert Richtung Nase. Doch erreicht er die Spitze nicht. Eine Flutwelle an Blut erwischt ihn vorher und reißt ihn mit. Er geht völlig in den Fluten unter. Die Welle schwappt über die Nase hinweg und erzeugt einen Wasserfall. Dieser rauscht beständig Richtung des matschigen Bodens.

»Bitte hör auf! Sonst kommen SIE!«, fleht Frida. Doch denkt Susi gar nicht daran, aufzuhören. Sie schlägt ihren Kopf weiterhin gegen die Gitterstäbe. »Verfluchte SCHEIßE!«, ruft einer der Mitarbeiter des Mastbetriebes aufgebracht. Dann schlägt er mit einem Stock nach ihr. Ohne Erfolg. Susi rammt ihren Kopf wieder gegen die Gitterstäbe. Das Blut spritzt in alle Richtungen und dem Mitarbeiter ins Gesicht. Dieser flucht und schimpft. Wischt sich das Blut aus dem Gesicht. Susi rammt ihren Kopf nochmal gegen die Gitterstäbe und kippt um. »Ist sie tot?«, erschrickt Frida.

»Nein, sie atmet noch«, gibt Karla kurz zu Protokoll.

Der Arzt eilt herbei. Er steigt in den Käfig und untersucht die neue Kuh. Er kittet ihre Wunde und stoppt die Blutung am Kopf. »Warum hat sie das gemacht?«, fragt der Mitarbeiter. Doch der Arzt zuckt nur die Schultern. SIE lassen Susi im Käfig liegen.

Nachdem der Arzt und der Mitarbeiter aus dem Käfig gegangen sind, scharen sich die Kühe um die ohnmächtige Susi. Ein lautes Stimmenwirrwarr bildet sich. Alle Kühe diskutieren aufgeregt. Manche machen sich Sorgen um Susi. Wieder andere haben Angst. Was ist, wenn Susi verrückt ist und nächstes Mal jemanden von ihnen angreift?

»SIE müssen die Neue hier wegschaffen!«, echauffiert sich eine braune Kuh. Sie ist von oben bis unten mit Matsch bedeckt.

Eine kleinere Kuh pflichtet ihr bei. »Und was ist, wenn es ansteckend ist! Und wir morgen alle so durchdrehen! Sie kann hier nicht bleiben!« Ein geschocktes Raunen geht durch die Reihen.

»Haltet alle die Schnauze!«, ruft Karla. Ihre Stimme ist schon lange nicht mehr zurückhaltend. Denn Karla ist schon lange nicht mehr die schüchterne Kuh. Das wissen auch die anderen und sofort verstummen alle. »Sie ist nicht verrückt und wird keine von uns angreifen! Auch ist sie nicht krank und wird uns nicht anstecken. Sie kommt einfach nicht damit klar, wo wir leben. Also wollte sie ihr Leben beenden!« Alle Kühe hängen ihr an den Lippen. Beruhigt nicken sie.

»Ah, mein Kopf! Tut der weh«, sagt Susi, als sie aufwacht. »Was ist denn passiert?«

»Du hast deinen Kopf gegen die Gitterstangen gerammt und uns damit einen ziemlichen Schrecken eingejagt. Dann bist du ohnmächtig geworden«, erklärt ihr Frida mit ruhiger Stimme.

Susi schaut sich um. Erschrocken stellt sie fest: »Das war kein Traum! Ich bin hier wirklich in der Hölle.« Dann beginnt sie zu weinen. Es ist ein verzweifeltes Schluchzen.

»Ja, du bist in der Hölle und du wirst hier auch nicht lebend rauskommen!«, sagt Karla scharf. »Also besser, du akzeptierst es!« Frida wirft ihr einen vorwurfsvollen Blick zu. »Du weißt es doch, wir müssen ihr es erklären!«, wendet sich Karla bissig an Frida.

»Ja, ich weiß schon«, gibt Frida klein bei.

»Also ...«, setzt Karla an, »... SIE halten uns hier gefangen! SIE füttern uns! Manche von uns werden von IHNEN gemolken! Nach einer Weile schlachten SIE uns! SIE entnehmen unser Fleisch, um es zu essen!«

Mit aufgerissenen Augen und offenem Mund hört Susi zu. »Wer sind denn SIE?«, fragt Susi verblüfft.

»SIE sind stelzenartige Wesen, die kleiner sind als wir. Doch haben SIE Kräfte, gegen die wir uns nicht wehren können. Manche mögen uns und behandeln uns gut. So wie DIE in deinem oder meinem früheren Stall. Dort ging es uns gut und wir fühlten uns wohl. Doch den MEISTEN sind wir egal. Daher stecken SIE uns in Käfige, mästen uns und fressen uns.«

Susi schüttelt ungläubig den Kopf. »So grausam kann doch niemand sein. Wir tun ihnen doch nichts.«

»Ach, Süße, so naiv wie du bist, war ich auch mal«, sagt Karla und watet zum Futterkrug.

»Nimm es ihr nicht böse. Nur hier macht man Dinge mit, die kommen sonst nicht in deinen schlimmsten Albträumen vor! Sie hilft dir damit. Je eher du kapierst, was hier passiert, desto früher kommst du damit zurecht«, sagt Frida in ihrer mütterlichen Art.

»Zurechtkommen? Hiermit? Lieber sterbe ich!«, sagt die Neue selbstbewusst.

»Ja, das wirst du«, sagt Frida und trottet davon.

Karla verschlingt das Fressen förmlich. Sie kaut kaum noch. Frida tut dasselbe. Auch die anderen Kühe fressen. Nur Susi, die Neue, tappt ziellos im Käfig umher. »Irgendwas stimmt mit ihr nicht«, sagt die braune, fette Kuh. Die von oben bis unten vollgematscht ist.

Die kleine, helle Kuh stimmt zu. »Ich sag' doch, sie ist krank. Ich kenn' die Krankheit. Nicht mehr lange und wir alle laufen so rum.«

Ein heilloses Stimmenmeer bildet sich. Die Kühe wollen, dass Susi verschwindet. Da kippt Susi um. »Ich hab's doch gesagt!«, empört sich die braune, fette Kuh.

Karlas erhabene Stimme ertönt. »So ein Blödsinn. Susi hat sich nur den Kopf zu heftig angeschlagen. Das ist es!« Doch die anderen Kühe murren.

Die kleine, helle Kuh schreit: »Sie bringt uns um! Wir müssen sie entfernen!« Die anderen Kühe stimmen grölend zu.

»Was sollen wir machen?«, zischt Frida in Richtung Karla.

»Nichts! So oder so, wir sind machtlos!«, gibt Karla zurück.

»Wie meinst du das?«

»Wir können sie nicht entfernen. Das können nur SIE. Und ja, sie ist krank. Nur es hilft niemandem, wenn jetzt auch die Gesunden in Panik geraten. Aber auch das kann ich scheinbar nicht verhindern.«

Frida nickt nachdenklich.

Die anderen Kühe umringen Susi. Als sie zu Bewusstsein kommt, beißt Susi umgehend die braune, fette Kuh. Die sogleich schmerzerfüllt aufjault. Dann tritt Susi wahllos um sich. Sie schreit: »Ich bring' euch alle um!« Sie tritt weiter um sich her, bis sie einen Tritt gegen den Kopf bekommt und wieder ohnmächtig wird.

»Du musst IHNEN Bescheid sagen. SIE müssen die Neue entfernen!«, empört sich die braune, fette Kuh.

»Und wie soll ich IHNEN Bescheid geben? SIE verstehen kein Wort von dem, was wir sagen. Oder besser gesagt, SIE wollen kein Wort verstehen.«

»Aber irgendwas müssen wir doch machen! Sie kann nicht hierbleiben.«

Doch Karla trottet zum Wasserkrug. Als Karla trinkt, wacht Susi auf. Die anderen Kühe halten Abstand zu ihr. Susi schaut sich unsicher um. »Wo bin ich?«, schreit sie. »Wer seid ihr?« Sie wird panisch. Sie rennt im Käfig umher. Alle Kühe geraten in Aufruhr. Hektisch scheuchen sie Susi weg, sobald sie in ihre Nähe kommt. »Warum hilft mir denn keiner? Sagt mir doch endlich, was hier los ist!«, schreit sie wie von Sinnen. Doch keine der anderen Kühe ist bereit. Bereit, sich nur auch in ihre Nähe zu wagen. Dann rennt Susi wieder gegen einen Gitterstab. Mit voller Wucht und ihrem Schädel voran.

»Ich habe Angst«, flüstert Frida ihrer Freundin zu. Susi rennt wie den Tag zuvor wieder und wieder gegen die Stangen. Bis ihr Blut über das Gesicht läuft. Und bis sie wieder in Ohnmacht fällt. Hektisch kommen der Arzt und der Produktionsleiter hinein. »Was ist denn da wieder los?«

Der Arzt untersucht Susi erneut. »Ich vermute, sie hat BSE! Ich nehme eine Blutprobe, dann haben wir Gewissheit.«

»BSE? Verflucht! Aber protokolliere es ja nicht, verdammte Scheiße«, flucht der Produktionsleiter.

»Am besten, wir schlachten sie sofort alle!«, schlägt der Arzt vor.

Frida und die anderen halten vor Angst gelähmt die Luft an.

»Die Anlagen sind noch belegt, verdammt. Wir können sie frühestens am Sonntag schlachten. Meinst du, die anderen sind auch infiziert?«

Der Arzt überlegt, nach einer Weile antwortet er: »Ich glaube nicht. Die Neue ist zu kurz hier, um sich durch unser Futter angesteckt zu haben. Aber besser, wir kontrollieren das.« Dann marschieren beide aus dem Käfig.

»Hast du das gehört? Wir werden schon am Sonntag geschlachtet. Am Sonntag schon«, sagt Frida und dabei überschlägt sich ihre Stimme.

»Du musst jetzt stark bleiben. Für die anderen«, raunt ihr Karla zu. Doch auch die anderen sind in heller Aufregung.

Also erhebt Karla ihre mächtige Stimme. »Wir wussten alle, dass dieser Tag kommt. Wir wussten, dass SIE uns schlachten und uns fressen. Doch wir sehen uns auf der anderen Seite wieder. Dort treffen wir auch unsere alten Freunde. Unsere Familien. Eines Tages wird auch über SIE gerichtet werden. Eines Tages wird eine Spezies kommen und SIE einfangen. Mästen. IHRE Weibchen werden vergewaltigt. Bekommen Kinder, die IHNEN entrissen werden, nur um SIE zu melken! Und wenn SIE nicht mehr gebraucht werden, dann werden auch SIE geschlachtet, um gefressen zu werden! Wir schauen dann von der anderen Seite zu und sagen, das geschieht EUCH recht!«

»Und wie wir sagen werden, das geschieht EUCH recht«, brüllt Frida mit dem Mut der Verzweiflung.

Am nächsten Tag werden die Kühe wieder von einem laut Knall geweckt. Und wieder rennt Susi gegen die Stangen. »Müssen wir uns das jetzt die ganze Zeit bis Sonntag anhören?«, jammert die braune Kuh, deren Fett über die Fußwurzel quillt.

»Dein Gejammer macht die Situation auch nicht angenehmer«, gibt Frida ungewohnt bissig zurück. Frida schleppt sich zum Wasserkrug. Beim Gehen humpelt sie merklich. Die Schmerzen stehen ihr förmlich ins Gesicht geschrieben. Bei jedem Schritt verzieht sich ihr Gesicht immer weiter zu einer Grimasse. Am Wasserkrug angekommen, pausiert sie erst einmal und muss zu Atem kommen. Tief atmet sie ein und schwerfällig atmet sie aus. Dann trinkt sie gierig die lauwarme Brühe. Ebenso völlig außer Atem gesellt sich Karla zu ihr. »Vielleicht ist es ganz gut, dass wir geschlachtet werden! Solche Schmerzen hatte ich früher nicht«, sagt sie.

Frida schaut auf. »Vielleicht hat mein Carlo alles richtig gemacht. Er erkannte, dass das hier alles keinen Sinn ergibt. Wir fressen. Werden fett. Unser Körper zerbricht unter dieser Last.

Wir leben mit Schmerzen. Und dann. Dann schlachten SIE uns. Was für Monster SIE sind!«

»Ich erinnere mich noch schwach daran. Wie nett SIE früher im Stall waren. IHRE Kälber rannten immer in die Ställe. Manchmal bürsteten SIE uns. Ich fühlte mich dann so verbunden mit IHNEN. Doch das hier. Das ist nicht das Leben, das meine Mutter für mich gewollt hätte.«

Frida und Karla kuscheln sich aneinander. Währenddessen ist im Hintergrund Susi zu hören. Sie rennt wild durch den Käfig. Und die anderen eingesperrten Kühe fliehen aufgebracht vor der wildgewordenen Kuh. Der matschige Boden wird aufgewühlt und es spritzt Dreck durch die Gegend. Auch auf Karla und Frida regnet es immer wieder Matschreste. Doch die beiden, inzwischen ins Alter gekommenen Kühe, bleiben gelassen am Wasserkrug stehen. Selbst, als Susi auf sie zurast, bleiben sie eng aneinander stehen. Kurz bevor Susi in Karla reinrasselt, macht Susi eine Kehrtwende und saust auf die helle Kuh zu. Diese reagiert jedoch zu spät und es haut sie von den Beinen. Susi rennt jedoch weiter umher. Tritt nach den anderen.

»Hilfe! HILFE!«, ruft eine Kuh ganz aufgebracht.

»Sie glaubt doch nicht wirklich, dass einer von IHNEN uns hilft«, schnaubt Karla halb belustigt, halb verächtlich. Dann rennt Susi wieder gegen die Stangen.

»Zum Glück mussten Magda und Henriette dieses Chaos nicht miterleben!« Frida schüttelt den Kopf.

Karla bringt es zum Lachen. »Stell dir mal vor, sie hätte es mitbekommen!«

Jetzt muss auch Frida lachen. Es ist ein dumpfes Lachen der beiden. Von dem jugendlichen Esprit ihrer vergangenen Tage ist nur noch wenig zu spüren.

Der Donnerschlag, den Susis Kopf erzeugt, immer wenn er gegen die Gitterstäbe stößt, weckt die beiden Freundinnen auf. Karla schaut zu Frida und sagt mit einem Gähnen: »Heute ist es soweit.« Frida nickt bedächtig. Frida und Karla schleppen sich zum Futterkrug und genehmigen sich ein Frühstück. Sie reden nicht miteinander. Nicht, wie sie es sonst immer taten. Und auch die anderen Kühe sind still. Außer dem Donnern, den Susis Kopf erzeugt, ist nichts zu hören.

Dann öffnet sich eine Käfigtür. Eine laute Sirene heult bedrohlich auf. Hals über Kopf rennen die Kühe durch das Tor. »Freiheit! Wir kommen frei!«, schreit eine beim Rausrennen. Frida und Karla traben ihnen gemächlich nach. Hinter ihnen schnellt die Käfigtür wieder zu. Die Kühe stehen im Gang vor der nächsten Tür. Diese öffnet sich. Mitarbeiter peitschen die Kühe an. So rennen sie nun mehr angsterfüllt durch das zweite Tor. Auch Karla und Frida werden durch die Peitsche angetrieben. Sie landen in einer Halle.

»Mann, sind das riesige Monster! Das sind SIE also?«, staunt eine Kuh.

»Nein, das sind ihre Maschinen, die für SIE arbeiten«, erklärt Karla die Produktionshalle.

»Was sind das für Tentakel?«, schreit eine weitere Kuh.

Greifarme schnappen sich je eine Kuh am Fuß. Sobald diese zuschnappen, reißen sie die schweren Kühe in die Luft. »HILFE!

HILFE!«, schreien sie durcheinander. Die Köpfe hängen Richtung Boden. Die Ohren tun es dem Kopf gleich. Mit den freien Hufen wedeln sie aufgeregt umher.

»Tu' doch was, Karla! Ich will nicht sterben!«

Doch auch Karla hängt an einem Greifarm. Auch ihr hängt das Fett Richtung Boden. Ihre großen Euter hängen ebenso schlapp hinunter.

Die Kühe baumeln mit dem Kopf hinab in einer Reihe an einem Bein in der Luft. »Mein Fuß!«, heult die braune, fette Kuh. Und auch die anderen Kühe heulen. Schreien. Schimpfen. Die einen voller Angst. Die anderen wütend.

Einer von IHNEN schreitet durch die Reihen und zählt sie alle durch. Die Greifarme setzten sich in Gang und fahren die in der Luft hängenden Kühe zur nächsten Station.

Der Greifarm um Karlas Fuß hält sie so stark fest, dass ihr Blut über den Knöchel fließt. Es tropft ihrem Schenkel entlang, über ihren Bauch und zum Hals. Um dann an ihrem Kinn hinunterzuspringen.

»Ich bin froh, es mit dir zusammen durchzustehen!«, stöhnt Frida schmerzerfüllt auf.

Die Maschinen bewegen sich ratternd weiter. Karla sieht nun den Anfang der Reihe. Susi ist die erste. Sie hängt wie die anderen auch kopfüber. Ein Mitarbeiter hebt ein Messer. Susi schreit auf. »Komm mir nicht zu nah! Ich bring' dich ...« Die letzten Worte werden durch ein blutiges Gurgeln erstickt. Der Mitarbeiter hat Susi das Messer in die Kehle gerammt und mit einem großen Schnitt rausgezogen. Susi ist nicht sofort tot. Ihr Kampfeswillen ist noch gut zu beobachten. Sie strampelt. Probiert, den Mitarbeiter zu treffen. Sie versucht, zu schreien, doch mehr als ein Blubbern ist nicht zu vernehmen. Der Greifarm fährt sie weiter in eine Maschine, in die sie ohne Rücksicht hineingeworfen wird. Die Kuh plumpst in eine Rutsche. Wo sie hart aufschlagend auf einer Ablage landet.

Dort wartet schon der nächste Mitarbeiter. Dieser zieht eine Kettensäge auf. Das Knattergeräusch droht der Kuh. Es schreit sie voller Vorfreude an. Doch Susi ist zu geschwächt, um aufzustehen. Sie liegt auf der Ablage. Sie blickt zum Mitarbeiter und sieht, wie er die Kettensäge an ihr Schenkel ansetzt. Das Blut spritzt durch den ganzen Raum. Ratternd drückt er ihr die Säge weiter ins Fleisch hinein. Susis schmerzerfülltes Röhren ist trotz der schreienden Kettensäge zu vernehmen. Am Knochen angekommen, stottert die Säge angestrengt. Doch rattert sie unermüdlich weiter. Bis der Schenkel abgesägt ist. Der Mitarbeiter nimmt sich der nächsten Gliedmaßen an.

Karla sieht, wie einer Kuh nach der anderen die Kehle aufgeschnitten und durch die Rutsche gejagt wird. Dann ist Frida dran. »Nein! Nicht meine Frida!«, stöhnt Karla verzweifelt auf. Dies hilft nichts, auch Frida wird das Messer brutal in die Kehle gerammt. Das Blut quillt aus der Wunde vorbei am Messer hervor, doch sobald der Mitarbeiter es rauszieht, spitzt es nur so heraus. Frida dreht sich ein Stück, sodass auch Karla das Blut ihrer Freundin ins Gesicht abbekommt. »Nein! Nicht meine Frida«, jammert Karla kläglich. Dann wirft der Greifarm auch Frida unachtsam die Rutsche hinab. Schon stößt der Mitarbeiter Karla ebenfalls das Messer in die Kehle. Er reißt es nieder und aus dem Hals raus. Ihr Blut strömt aus der Wunde. Sie zappelt mit ihren Hufen. Der Greifarm schmeißt sie die Rutsche hinunter und Karla plumpst auf eine Ablage direkt neben Frida. Frida wird schon von einer knatternden Kettensäge in Stücke geteilt. Der Geruch von Blut liegt in der Luft. Das Rattern der Kettensäge schreit wild durch die Halle. Dann pausiert die Säge für einen Moment und die Kuh macht MUUH.

Eisbär Mara

Wir begleiten Mara auf ihrem Weg in einer immer heißer werdenden Welt! Sie weiß nur im Ansatz, wie ihre Welt mal war. Doch diese Welt wird immer wärmer und wärmer, bis es zu der heißen Hölle wird, die sie verabscheut.

Was macht es mit ihr, dass sich ihr Lebensraum rapide verändert? Wie reagiert sie auf den grausamen Überlebenskampf, den die Natur für sie bereithält? Wird sie für sich und ihre Nachkommen eine Überlebensstrategie finden?

Ist im Juli 2019 bereits erschienen als Kindle eBook
mit der ASIN: B07TVSQCWS

Das ist die Geschichte vom Eisbär Mara. Um genauer zu sein, der Eisbärin Mara. Denn Mara ist ein Weibchen. Sie ist fast zwei Jahre alt und obwohl sie schon feste Nahrung frisst, wird sie immer wieder von ihrer Mutter Meredith gestillt. Es ist dunkel. Der Wind peitscht über das Land. Nicht viele Tiere können bei diesen Bedingungen überleben. Die Eisbären gehören dazu. Sie sind perfekt an die Klimabedingungen der Arktis angepasst. So auch Mara und Meredith. Beide trotzen dem unwirtlichen Wetter. Sie marschieren durch die langen Nächte. Sie suchen nach etwas Fressbarem. Mara ist zwar schon beinahe ausgewachsen, doch hätte sie allein große Schwierigkeiten, zu überleben.

Mara hat schon wieder Hunger und möchte bei ihrer Mutter trinken, doch diese marschiert ohne Rücksicht weiter. Denn auch sie hat Hunger. Sie müssen sich den Winter über genug Fett anfressen, um den Sommer zu überstehen. Denn für Eisbären gilt, im Winter ist das Nahrungsangebot größer als im Sommer.

Meredith stellt ihre feine Nase in den Wind. Sie wittert einen Duft. Sie schaut zu ihrem Kind und deutet ihr an, dass sie etwas gefunden haben. Sie laufen weiter. Inzwischen gesellt sich zum Wind auch Schnee, doch auch dieser kann den beiden nichts anhaben.

Nach einem Tag bleibt die Mutter plötzlich stehen. Sie riecht wieder. Sie schnüffelt am Boden entlang. Mara tut es ihrer Mutter gleich. So lernt sie, die Beute zu finden. Es ist, als ob Mara zuerst die Beute gewittert hat. Aufgeregt schaut sie zu ihrer Mutter. Mara springt und landet mit den vorderen Tatzen im Eis. Oft genug hat sie ihre Mutter beobachtet. Ihre Mutter schaut dem Treiben ihrer Tochter beinahe schon skeptisch zu. Mara springt und reißt ein immer größeres Loch ins Eis. Doch ist die Höhle leer. Die Robbe konnte fliehen. Meredith schnaubt. Ihre Tochter hat eine wichtige Lektion gelernt, die ihr später noch nützlich sein kann. Sie muss das Eis schneller aufbrechen, wenn sie nicht will, dass die Robbe fliehen kann. Doch ist dies eine teuer erkaufte Lektion, da beide noch nicht genug Fett angesetzt haben. Mara möchte wieder an die Zitzen ihrer Mutter, doch macht diese sich wieder auf den Weg. Sie beginnt, ihre Tochter zu entwöhnen.

Nach einer Woche läuft Mara ihrer Mutter mit deutlichem Abstand hinterher. Inzwischen treffen die Sonnenstrahlen immer länger das kalte Reich. Doch auch bei Tageslicht sind die beiden kaum zu erkennen. Das weiße Fell verschwimmt mit der Schneelandschaft. Meredith läuft zielstrebig. Sie hat wieder eine Witterung aufgenommen. Dann bleibt sie stehen. Eine Robbe ist im Blickfeld. Jetzt bloß keinen Fehler machen! Auch Mara hat inzwischen Witterung aufgenommen. Sie versucht zügig, die Lücke zu ihrer Mutter zu schließen. Ihre Mutter ist derweil hochkonzentriert. Mit einer zeitlupenartigen Bewegung pirscht sie sich an ihre ahnungslose Beute heran. So kommt sie Stück für Stück näher, ohne dass die Beute etwas merkt. Mara hat ihre Mutter beinahe eingeholt. Doch ist sie schlau genug, stehenzubleiben. Jetzt bloß nicht der Mutter den Beutezug vermasseln! Gebannt schaut sie zwischen ihrer Mutter und der Beute hin und her. Die Robbe hat Meredith noch immer nicht bemerkt, denn sie ist noch ein Stück zu weit entfernt, um sie zu schnappen. Die Robbe liegt neben ihrem schützenden Loch im Eis. Meredith setzt eine Pfote vor die andere.

Da hat die Robbe Meredith auch schon entdeckt. Sie schaut panisch auf, doch verschwindet nicht durch ihr rettendes Loch. Sie schaut von Meredith zu einem Schneehaufen. Meredith nutzt die Gelegenheit und setzt zu einem Sprint an. Das Robben-Muttertier ruft zum Schneehaufen und bei genauerem Blick ist zu erkennen, dass der Schneehaufen ein Robbenbaby ist. Das kleine Fellknäuel robbt zu seiner aufgeregt rufenden Mutter. Meredith hat das Robbenbaby mit einem Hechtsprung abgepasst. Währenddessen ist das Robben-Muttertier in das schützende Loch im Eis abgetaucht. Das Robbenbaby ist unter den mächtigen Tatzen von Merediths begraben. Es ruft verzweifelt nach seiner Mutter. Vielleicht geschieht ein Wunder! Vielleicht rettet das Robben-Muttertier den geliebten Nachwuchs! Schließlich hat Merediths das Robbenbaby immer noch nicht getötet.

Das Robbenbaby strampelt. Es kämpft. Der Lebenswille ist spürbar. Das quietschende Geschrei lockt nicht das Robben-Muttertier an, sondern nur Mara. Und Mara beißt beherzt zu. Aus dem markerschütternden Quietschen wird ein blutgetränktes Blubbern. Der eben noch unschuldig wirkende weiße Schnee färbt sich schlagartig in ein todgeweihtes Rot. Mara reißt das Fellknäuel in Stücke. Meredith beißt ins andere Ende der Babyrobbe. Ihre Zähne bohren sich in das Fleisch. Die Babyrobbe versucht weiterhin noch, nach ihrer Mutter zu rufen. Doch Maras Zähne haben die Kehle der kleinen Robbe zerfetzt. So kommt aus der Beute kein kraftvolles Rufen, sondern ein durchs eigene Blut erstickte Seufzen. Sie fressen genüsslich das so wohltuende Fleisch. Dabei färben sich auch die Schnauzen der beiden blutrot.

Der Körper des Robbenbabys ist aufgerissen und die Gedärme ragen raus. Mara und Meredith haben es besonders auf das Fett der Robbe abgesehen. Ein Stück nach dem anderen wird aus dem leblosen Kadaver gerissen. Doch, ob die Mahlzeit reicht, um den immer länger werdenden Sommer zu überstehen ist fraglich.

Das Eis wird dünner und so wird eine immer größere Fläche ihres Jagdreviers zum Meer. Damit haben sie keine Möglichkeit mehr, Robben für den Sommer zu jagen. Denn im Wasser ist ihre Beute zu schnell. Noch in Merediths Jugendtagen schmolz das Eis nicht so schnell. Sie kennt es noch, als ausreichend Zeit vorhanden war, um Beute zu machen. Doch die Zeiten sind vorüber. Der arktische Winter wird immer kürzer werden. Mutter und Tochter können auf dem Eismeer nicht mehr stehen. Daher verbringen sie schwimmend ihre Zeit. Sie schwimmen Richtung Süden, zum Festland. Eisbären können nicht nur lange am Stück marschieren, sondern sie sind auch ausdauernde Schwimmer. Dies beweisen Meredith und Mara. Sie schwimmen Tag um Nacht. Dabei können sie keine Rast einlegen. Sie schwimmen stur in eine Richtung.

Die Sonne geht auf. Die beiden sind weit und breit die einzigen, die im Wasser zu sehen sind. Nur sie beide. Schwimmen, bis die Sonne untergeht. Schwimmen, bis der Mond hoch über den beiden steht. Schwimmen, bis die Sonne den Mond ablöst. Schwimmen, bis sie das Festland erreichen und sich endlich ausruhen können.

Mara trinkt gierig die Milch ihrer Mutter, um wieder zu Kräften zu kommen. Doch wie lange die Milch reicht, ist ungewiss. Meredith ist hungrig. Sie benötigt Fett. Sie marschieren durch das matschige Festland. Das im Eis der Arktis so schöne weiße Fell ist nun an der Unterseite durch Schmutz braun gefärbt, während das Fell am Rücken vergilbt. Doch auch in dieser schweren Situation scheint Meredith zu wissen, wo sie etwas zu fressen findet. Mara muss genau zuschauen, dass sie, wenn sie bald auf eigenen Beinen steht, auch zurechtkommt. Und nicht verhungern muss.

Wieder hat Meredith den richtigen Riecher. Sie ist auf eine Walrossherde gestoßen. Es sind imposante Tiere. Ihre Stoßzähne müssen auch auf einen Eisbären einen bedrohlichen Eindruck machen. Zu Wasser kann Meredith keinen von ihnen reißen. Aber an der Küste entlang erkennt sie ihre Chance. Mara schaut zu und lernt von ihrer erfahrenen Mutter. Meredith schleicht sich über die Küste an. Sie geht sehr vorsichtig vor. Denn ein Walross kann einen Eisbären lebensbedrohlich verletzen. Ein ausgewachsenes Tier wäre darum ein zu hohes Risiko. Meredith ist schlau genug, sich ein Kalb auszusuchen. Sie nimmt eines im Blick. Mara sieht genau, wen sich ihre Mutter ausgesucht hat. Gebannt schaut sie zu. Die Anspannung beider ist buchstäblich zu greifen. Meredith schleicht sich an.

Die Walrosse haben sie entdeckt. Panisch stolpern sie unelegant übereinander, um zu fliehen. Meredith setzt zum Sprint auf das Kalb an. Sie weicht den in Panik versetzten Tieren aus. Die Mutter des Kalbes weiß, dass ihr Kind in Gefahr ist. Sie bäumt sich auf, um ihr Kind zu verteidigen. Die gewaltigen Stoßzähne sind in Position gebracht. Es ist ein Kampf der Titanen. Das Muttertier erwischt Meredith mit den riesigen Stoßzähnen in der

Schulter. Meredith heult kurz auf. Doch sie hat keine Zeit, die Wunden zu betrauern. Der Hunger ist zu groß, um jetzt aufzugeben. Mit ihren Pranken schlägt Meredith auf das Muttertier ein. Die scharfen Krallen bohren sich in die Haut des Walrosses. Meredith setzt nach. Sie beißt in den Hals des Muttertieres. Die Walrossmutter zieht sich zurück. Meredith brüllt, sodass hier kein Zweifel entsteht, wer den Machtkampf gewonnen hat.

Mara hat aufgeregt beobachtet, wie ihre Mutter das Walross besiegt hat und nun auf das Kalb zugeht. Das Kalb windet sich. Doch an Land ist es zu ungeschickt. Sein Ruf ist deutlich zu hören. Es ruft nach ihrer Mutter. Es hofft, von ihr irgendwie gerettet zu werden. Doch hat sie ihr Kalb längst in Stich gelassen und wird auch nicht wieder zurückkommen. Schutzlos ist es Meredith ausgesetzt. Ein ohrenbetäubender Knall ist zu hören. Mara zuckt zusammen. Sie duckt sich hinter die Felsen. Es war ein unnatürlicher Knall. Meredith heult schmerzerfüllt auf. Aus ihrem Schenkel strömt Blut, der ihr verschmutztes Fell rot färbt. Sie bäumt sich auf und schreit in die Höhe. Trotz des Schmerzes, den sie erleidet, ist dies ein Kampfesgebrüll. Aggressiv. Sie will Rache. Derjenige, der ihr den Schmerz zugefügt hat, soll sterben. Doch weit und breit ist kein Gegner zu sehen.

Dann ein zweiter Knall. Aus der Brust schießt eine Blutfontäne. Meredith stöhnt dem Tod gegenüber auf. Sie taumelt zur Seite weg. Mara schaut ihrer Mutter zu, doch bleibt sie angsterfüllt hinter den Felsen. Ihre Mutter versucht zu brüllen, doch spritzt nur Blut aus ihrem Maul, statt des sonst so üblichen dominierenden Kampfeslaut. Die Atmung wird flacher. Eine Tatze zuckt. Es ist, als wolle Meredith noch aufstehen. Doch reicht dafür die

Kraft nicht. Dafür rinnt ihr Blut aus der Brust. Es bildet einen Fluss, der in Richtung Meer fließt. Meredith bewegt sich schon nicht mehr. Auch ist ihre Atmung zum Erliegen gekommen.

Drei Männer kommen aus ihrer Deckung hervor. Gegen diese Übermacht war auch Meredith chancenlos. Die drei nähern sich nun gefahrlos Meredith an. Einer der drei holt eine Fuchssäge aus seinem Rucksack. Er setzt sie am Hals des beeindruckenden Tieres an und mit der anderen Hand hält er den Schopf. Dann sägt er, dabei spritzt das leblose Blut heraus. Die Säge macht dabei ein schnurrendes Geräusch. Es ist, als freue sie sich auf die Arbeit. Zufrieden marschiert sie durch den Hals. Doch dann stockt sie. Sie scheint erbost zu sein. Wie kann es jemand wagen, sich ihr und ihrem Ziel in den Weg zu stellen. Es ist die Wirbelsäule. Mit einem wütenden Laut macht sie sich an das Werk auch die Wirbelsäule durchzutrennen. Es knackt und stellt nach einem Wutausbruch kein Hindernis mehr dar. Die Säge schnurrt weiter, bis der Kopf vom Hals abgetrennt ist.

Der Mensch strahlt über beide Ohren. Er hebt den Kopf triumphierend in die Lüfte. Das restliche Blut fließt auf die schroffen Klippen, um ins Meer zu gelangen. Ein zweiter schießt bereitwillig Fotos von ihm. Der Mensch gibt dem Eisbärkopf einen Kuss auf die Backe. Mara hingehen muss zitternd zusehen. Schockiert und verängstigt, was diese Menschen mit ihrer Mutter machen. Und was ist, wenn sie auch noch Mara wollen? Doch nicht nur wegen der Menschen ist Maras Zukunft ungewiss. Denn wie soll sie ohne ihre Mutter überleben? Hat sie genug gelernt, um den harten Sommer auf dem Festland zu überleben?

Mara ist abgemagert. Bisher hatte sie bei der Jagd keinen Erfolg gehabt. Einsam streift sie durch ein Land, das so gar nicht zu ihrem Naturell passt. Es ist zu warm für sie. Bei Temperaturen von bis zu 28 Grad ist ihr dichtes Fell zu warm. Sie sucht Abkühlung im Wasser. Dort ist es für sie auszuhalten. Wenn sie nicht demnächst etwas Fressbares findet, wird sie sterben! Wie so viele jungen Eisbären vor ihr. Und Mara hat nun ein klares Handicap. Ihre Mutter ist zu früh verstorben. Sie konnte ihr nicht alles zeigen.

Mara steht vor den Klippen, an denen ihre Mutter getötet wurde. Sie beobachtet die Walrosse. Doch vor einem Angriff scheut sie sich. Da sie noch nicht ausgewachsen ist, könnte der Versuch, ein Kalb zu erlegen, tödlich enden. Mara weiß noch genau, wie ihre Mutter gegen ein Walross gekämpft hat. Sie hat gesehen, welche Wunden diese riesigen Stoßzähne verursachen können. Mara macht einen Bogen um die Walrosse. Sie tut, was sie bei ihrer Mutter gelernt hat. Sie marschiert. Nur ist der Marsch bei der Hitze wesentlich unangenehmer, wenn nicht gar lebensbedrohlich. Wenn Mara sich nicht immer wieder im Wasser abkühlt, kann sie leicht dem Hitzetod erliegen.

Wie ihre Mutter hält sie ihre feine Nase in die Luft. Sie braucht dringend etwas Fressbares. Auch die fliegenden Aasfresser riechen. Sie riechen den schleichenden Tod in Maras Körper. Sie spüren, wie er sich in ihr ausbreitet. Mara marschiert schon nicht mehr. Vielmehr schleppt sie sich hechelnd über die Wiesen. Nach einer Weile kommt sie zum Erliegen. Die fliegenden Kreaturen über ihr freuen sich. Das bezeugen ihre Rufe, die deutlich machen, dass ein Festmahl auf sie wartet. Sie rufen und schreien. Es ist, als ob auch die anderen Fleischfresser das Gekreische hören. Nicht nur die Vögel riechen den Tod, der in der Luft liegt. Auch Mara riecht den verwesenden Geruch, der ihr in die Nase steigt. Der Duft, der bedeutet, dass wieder einmal ein Tier den Überlebenskampf in der Natur nicht überstanden hat. Doch was für den Verlierer ein trauriger Schicksalsschlag ist, ist für die noch Lebenden eine Chance, überleben zu können.

Mara schleppt sich weiter. Sie bäumt sich auf. Sie will nicht zu denen gehören, die den Kampf verlieren. Sie will zu den Lebenden gehören. Sie schafft es, sich noch einmal aufzustellen. Mit wackligen Beinen steht sie in der Nähe der Küste. Ein großer Eisbär marschiert an ihr vorbei. Doch beachtet er die kurz vor dem Hungertod stehende Mara nicht. Mara setzt eine Tatze vor die andere und auch sie marschiert in Richtung des Eisbären.

Das Geschrei der Vögel wird lauter. Wilder. Aggressiver. Sie hacken sich gegenseitig mit ihren spitzen Schnäbeln. Doch gegen den Eisbären haben sie keine Chance. Er macht sich über einen gestrandeten toten Wal her. Genüsslich reißt er den Speck aus dem Kadaver. Auch die Vögel hacken in das leblose Tier.

Mara ist endlich angekommen. Doch scheint sie unsicher zu sein, ob sie an dem gedeckten Tisch platznehmen darf. Der Eisbär sieht bedrohlich aus. Und ihre Mutter mied es doch immer in die Nähe anderer Eisbären zu stoßen. Auch das Gekreische der Vögel scheint sie zu irritieren. Doch ist der Hunger zu groß. Mara geht an das andere Ende des Wales, um bloß nicht zu nah an ihrem großen Artgenossen zu geraten. Sie beißt beherzt in den toten Wal hinein. Es ist ihre erste Mahlzeit, seitdem ihre Mutter aus ihrem Leben gerissen wurde. Diese Mahlzeit ist überlebenswichtig für unsere Mara. Es bedeutet für sie, dass sie weiterleben kann. Sie frisst, als ob es kein Morgen geben wird. Und sie muss auch schnell fressen. Denn weitere Eisbären sind auch schon auf dem Weg. Und ob sie den Speck des Wales mit Mara teilen wollen, ist ungewiss. Mara verschlingt Biss für Biss. Doch die anderen Eisbären sind schon da. Einer brüllt Mara an. Unmissverständlicher kann er ihr sich nicht ausdrücken, dass sie an diesem Tisch nichts zu suchen hat. Doch Mara nimmt noch einen Biss. So etwas Gutes hat sie seit einer Ewigkeit nicht mehr gefressen. Der Bär brüllt noch einmal. Bäumt sich auf. Zeigt seine scharfen Zähne. Wedelt bedrohlich mit seinen Pranken. An denen diese messerscharfen Krallen sind. Sie weiß, wie lebensgefährlich sie sind. Oft genug hat sie ihre eigene Mutter beobachten können, wie sie die Krallen einsetzte. Doch Maras Hunger ist größer und so reißt sie noch ein Stück aus dem Kadaver raus. Der Bär schlägt nach Mara. Doch Mara dreht sich im letzten Moment weg. Noch mit dem Stück Fleisch in ihrem Maul macht sie sich schnellsten aus dem Staub.

Mara liegt im seichten Wasser am Strand. Wellen brechen über sie herein. Doch nur so kann sie der Hitze entfliehen. Die Walrosse sind schon verschwunden. So ist es Mara, die den Strand für sich alleine hat. Das Problem dabei ist, dass sie keine Nahrungsquelle mehr hat. Sie ruht komplett. Um bloß keine lebensnotwendige Energie zu verbrauchen. Sie kühlt sich im Meereswasser ab und wartet. Wartet, dass es endlich kälter wird. Wartet, bis das Wetter ihr wohlgesonnener ist. Wartet, bis sie in ihr geliebtes Eis kann. Um endlich Robben zu jagen, wie es ihre Mutter ihr beigebracht hat. Sie döst im Halbschlaf. Ob sie von den Weiten des Eises träumt? Ob sie davon träumt, saftiges Robbenfleisch zu fressen? Mara möchte überleben. Das hat sie bewiesen. Nun muss sie aushalten, bis das Meer wieder zufriert. Damit sie in ihr vertrautes Revier zurückkann. Und tatsächlich. Das Wasser kühlt sich ab. Mara merkt, dass es ein gutes Zeichen ist. Ein Zeichen, das sie vielleicht doch noch überleben kann. Auch der Wind bringt eine kühle Luft mit. Mara ruht noch, denn auch, wenn es sich spürbar abkühlt, braucht sie das Eis, um endlich Nachhause zu kommen. In ihre geliebte Heimat.

Ein Blizzard bringt Schnee ins Land. Und es bilden sich Eisschollen. Doch ist das Eis noch zu dünn um darüber hinweg zu laufen. Auch hat Mara für den langen Weg keine Energie. So nah am Ziel und doch muss sie sich gedulden, obwohl der Magen knurrt. Obwohl der Hunger sie dazu antreibt, sofort zurückzuschwimmen. Ob Meredith ihrer Tochter erklärt hat, dass das Eis zu ihrer Jugendzeit noch wesentlich früher zufror? Und dass die Probleme zum Überleben für Eisbären noch nicht so riesig waren?

Mara schaut in Richtung ihrer Heimat. Und dann steigt sie aufs Eis. Es ist noch dünn. Und so bricht Mara ein. Doch das ist Mara egal. Sie schwimmt. Und immer wieder schafft sie es auf eine Eisscholle. Eine, die sie tragen kann, und so kann sie sich ausruhen. Dann, als die Nächte immer länger werden und das Eis dicker wird, kann Mara endlich in ihre Heimat wandern.

Endlich ist Mara zu Hause angekommen. Nach einem kräftezehrenden Marsch hat sie es in die Eiswelt auf dem Polarmeer geschafft. Sofort macht sie sich auf den Weg, ihren Hunger nach Robbenfleisch zu stillen. Sie tut es, wie ihre Mutter es auch immer tat. Sie stellt ihre Nase gen Himmel, um Beute zu wittern. Es scheint, als hätte Mara gefunden, wonach sie roch. Zielstrebig macht sie sich wieder auf den Weg. Sie muss im Winter genügend Fett ansetzen, um den harten Sommer zu überstehen.

Nach einem Tagesmarsch sieht Mara endlich ihre Beute. Mara bleibt stehen, so wie es ihre Mutter immer tat. Die Robbe darf Mara nicht entdecken. Sonst rutscht sie durch ihr Loch ins Eismeer und wäre für Mara unerreichbar. Mara schleicht sich langsam an die Robbe an. Sie setzt eine Tatze vor die andere. Einzeln. Sie darf sich nicht bemerkbar machen. Sie muss die Robbe fangen. Die Robbe schaut sich um. Und Mara bleibt still. Wenn die Robbe Mara zu früh entdeckt, flutscht sie weg. Mara bleibt geduldig. Die Robbe schaut in die andere Richtung und Mara setzt zum Sprint an. Gierig stürmt sie zu derr Robbe. Getrieben vom Hunger. Sie will unter allen Umständen verhindern, wieder einen solchen Sommer zu erleben, bei dem der drohende Tod über sie wacht. Sie rennt, so schnell sie kann. Doch hat sie den Sprint zu früh angesetzt. Spielend entwischt die Robbe durch das Loch. Mara stürzt hinterher. Sie ist mit ihrem Kopf im Wasser, doch ist ihr Körper zu groß, um durch das Loch zu passen. Die Robbe schaut zurück und sieht grinsend der wütenden Eisbärin zu. Mara taucht wieder auf. Dies war eine wichtige Lektion! Doch muss Mara, wenn sie überleben will, schnell dazulernen.

Sie marschiert weiter und weiter. Und wieder und wieder hat sie es nicht geschafft, diese quirligen Robben zu fangen. Der kurze Winter droht ihr förmlich. Es ist, als ob die starken Blizzards ihr zurufen würden: *Beeil' dich!* Und Mara hat wieder Beute gewittert. Sie sieht ein riesiges Loch im Eis. Aber davor steht schon ein großer Eisbär. Sie erinnert sich noch am Strand, als der Eisbär sie verjagte. Also ist sie schlau genug, um zu warten. Doch schaut sie ihm interessiert zu. Vielleicht lernt sie hier etwas, das ihr beim späteren Überlebenskampf behilflich sein kann.

Der Eisbär greift immer wieder ins Wasser. Doch steigt er ohne Beute auf. Er brüllt voller Wut, aufgeben will er allerdings nicht. Dafür ist die Beute zu wertvoll. Es sind weiße Wale, die vom Eis eingeschlossen wurden. Sie tauchen immer wieder auf, um einerseits Luft zu schnappen und andererseits das Loch ja nicht zufrieren zu lassen. Denn ohne die Öffnung würden sie im Meer ersticken. Das weiß auch der erfahrene Bär. Er wartet, bis wieder einer nach Luft schnappt, dann greift er nach ihm. Seine Krallen bohren sich in seine Beute. Der Bär beißt beherzt in die Schnauze. Der Wal will sich nicht ergeben und so taucht er hinab. Der Bär lässt jedoch nicht locker und wird mit ins Wasser gerissen. Mara tritt ein paar Schritte näher. Sie möchte sehen, was im Wasser passiert. Und dann kommt der große Eisbär mit einem Tosen wieder aus dem Loch. Er hat den Wal immer noch fest im Maul. Blut strömt aus der Beute. Der Wal schlägt mit seinem Schwanz um sich, doch ohne Erfolg. Der Bär krallt sich nur fester in ihn hinein, um ihn ja nicht zu verlieren. Dabei brodelt das Blut aus den Wunden, die der Bär ihm zugefügt hat. Der Überlebenskampf dauert an, auch wenn die Entscheidung schon gefallen ist.

Mara schaut mit aufgerissenen Augen zu, wie der Bär die große Beute aus dem Loch holt. Es ist ein Belugawal. Genug Futter für zwei Eisbären, doch ob der Jäger seine Beute teilen wird, ist ungewiss. Mara beobachtet ihn mit einem Sicherheitsabstand. Während ihr Magen grummelt, muss sie zusehen, wie der Eisbär sich den Wanst vollstopft. Der Eisbär reißt ein Stück nach dem anderen aus dem Wal. Doch auch der größte Eisbär ist irgendwann einmal satt. Mara sieht ihre Möglichkeit, endlich an etwas Fressbares zu kommen. Sie geht zum Walkadaver und reißt fette Stücke Fleisch aus ihm. Der große Eisbär rollt sich hingegen desinteressiert zum Schlafen zusammen. In der Zeit frisst Mara und endlich schließt sich das Loch in ihrem Bauch. Als sie satt ist, macht sie sich von dannen. Denn obwohl sie viel Fett zu sich genommen hat, muss sie lernen, allein zu jagen.

Mara marschiert wie ihre Mutter durch dieses himmlische Eis, das ihr Zuhause ist. Die meisten Tiere könnten hier nicht einen Tag überleben, die meisten Eisbären hingegen könnten ohne das Eis nicht überleben. Doch wenn Mara hier überstehen will, muss sie selbst in der Lage sein, Beute zu machen. Die Sonne scheint nur kurz. Dafür sind die Nächte umso länger. Mara marschiert die Nächte durch. Über ihr flimmert grünes Licht, um ihr zu huldigen. Es bildet sich ein Fluss aus Licht hoch oben am Firmament. Es ist das Zeichen, das Mara gebraucht hat. Als ob eine Verbindung zwischen Mara und dem grünflackernden Licht bestehe.

Wieder hat Mara eine Robbe gewittert. Sie läuft gegen den Wind, damit die Robbe Mara nicht wittern kann. Vorsichtig pirscht sich an das überlebensnotwendige Fett der Robbe an. Die Robbe scheint nichts zu merken. Sie ist beschäftigt mit der Pflege des Loches. Sie kratzt das Eis beständig auf, damit es bloß nicht zufriert. Darüber ist die Robbe unachtsam und sieht Mara nicht kommen. Mara steht der Robbe fast schon gegenüber und die Robbe bemerkt sie immer noch nicht. Mara setzt zu einem Hechtsprung an, den sie immer bei ihrer Mutter sah.

Die Robbe schaut auf. Sieht, wie Mara mit gefletschten Zähnen auf sie zu gesprungen kommt. Speichelfäden bilden sich im aufgerissenen Maul des Eisbären. Die Robbe weiß, dass sie das Futter ist, das dem Eisbären förmlich das Wasser im Mund zusammenlaufen lässt. Die Tatzen mit den messerscharfen Krallen ausgestreckt. Panisch schreckt die Robbe zurück. Der Kopf der Robbe ist gerade untergetaucht, da bohren sich auch schon die Krallen in ihren Körper. Schmerzerfüllt schreit die Robbe auf. Das ist ein großer Fehler. Denn nun strömt Wasser in die Lungen der Robbe und entzieht ihr die letzte Kraft.

Mara taucht in das Loch ein und unter Wasser beißt sie in ihre Beute hinein. Noch im Wasser schleudert Mara ihr Opfer herum. Blut strömt aus den klaffenden Wunden der Robbe in das kalte Eismeer. Es bildet Rorschach-Muster. Aber dafür hat Mara kein Interesse. Sie will nur die Beute auf das Eis bringen, um endlich ihr erstes selbsterlegtes Tier zu fressen.

Inzwischen ist unsere Mara ausgewachsen und eine geübte Jägerin. Obwohl der Winter so kurz ist, hat sie sich schon genügend Fett angefuttert. Sie scheint etwas gewittert zu haben. Sie stellt ihre Nase auf. Dann marschiert sie weiter. Die Tage werden länger und Mara weiß, wohin sie will. Die Eisdecke wird immer dünner und sie muss bald aufbrechen, doch einen Fang will sie unbedingt noch machen. Sie hat Belugawale ausfindig gemacht. Die Wale sind unter dem Eis gefangen, nur ein für die Wale recht kleines Loch steht zur Atmung zur Verfügung. Das weiß auch Mara. Die Wale müssen hier seit Monaten ausharren und sind daher erschöpft. Mara stampft gemütlich zum Loch. Sie weiß, dass die Wale nicht fliehen können.

Mara beobachtet die Wale beim Auftauchen, aber auch die Wale haben Mara bemerkt. Die Wale halten die Luft an und verschanzen sich im Wasser, was den Eisbären wie eine Mauer fernhält. Aber Mara weiß, irgendwann müssen die Wale wieder hoch. Und Mara ist geduldig. So taucht auch schon der erste Wal auf. Mara greift nicht den ersten an. Auch nicht den zweiten. Der dritte jedoch, der auftaucht, kriegt es mit ihr und ihren furchterregenden Zähnen zu tun. Sie macht es, wie sie es beim großen Eisbären gesehen hat. Sie springt mit den Tatzen voraus. Der Wal nimmt hektisch einen Atemzug, um dann so schnell wie möglich wieder abzutauchen. Doch noch bevor er ins schützende Meer kann, bohren sich Maras Krallen in die Haut des Wales. Gewaltsam drückt sie zu, um die Beute nicht entwischen zu lassen. Der Wal zieht seine Peinigerin mit ganzer Kraft ins Wasser. Doch bevor er Mara mit hinunterreißen kann, beißt sie aggressiv mit ihren spitzen Zähnen in den Kopf ihrer Beute. Der Wal kämpft. Er will weiter in das Meer hinein, da er weiß, dass er dort vom Eisbären nicht gefressen werden kann. Er schafft es, ein Stück tiefer ins Wasser zu gelangen, doch hat Mara ihn fest im Griff.

Mara wird mit unter Wasser gezogen und ist mit dem Oberkörper im Meer. Sie beißt noch einmal kräftig in den Kopf. Blut strömt aus der Wunde und bildet elegante Formen im Wasser. Mara stemmt ihre Hinterbeine ins Eis. Sie wuchtet ihr Opfer aus dem Meer. Erschöpft ergibt es sich dem machtvollen Eisbären. Mara lässt sich ihre noch lebende Beute schmecken. Sie frisst, was das Zeug hält. Die Innereien ihres Opfers quellen aus der riesigen Wunde am Bauch heraus. Sie breiten sich auf dem inzwischen rot-schimmernden Eis aus. Mara bleibt davon unbeeindruckt und reißt ein Stück Fleisch nach dem anderen aus dem nun leblosen Kadaver. In diesem Moment ist Mara überglücklich, dass sie den großen Eisbären beobachten konnte. Sie hatte schon vor den Walfang große Fettreserven angelegt, doch mit diesem Fang ist sie dem Ziel, den Sommer zu überstehen, ein großes Stück näher.

Am Horizont ist die Silhouette eines weiteren Eisbären zu sehen. Angelockt von dem köstlichen Geruch, den der erlegte Belugawal verströmt, konnte Mara ihre Beute nicht lange geheim halten. Fraglich ist, in welcher Absicht der andere Eisbär kommt. Will er einen Happen abhaben wie Mara, als sie jung und hungrig war, oder will er sie komplett von der Beute vertreiben?

Der Eisbär kommt näher und näher, Mara hat aber keine Angst. Auch frisst sie nicht mehr. Sie bleibt ruhig neben ihrer fetten Beute liegen, die locker für mehrere Eisbären ausreichend ist. Der Eisbär ist ein alter Bekannter. Daher bleibt Mara auch ruhig liegen. Sie weiß, dass sie vor ihm keine Angst zu haben braucht. Es ist der große Eisbär, der Mara das Belugawaljagen beigebracht hat. Der sie an seiner Beute hat teilnehmen lassen. Der sie schon im Sommer vor dem Hungertod bewahrt hat, als er sie an dem Wal fressen lassen hatte. So lässt auch Mara den großen Eisbären an ihrer Beute teilhaben.

Der große Bär frisst genüsslich. Reißt Fleischstück um Fleischstück aus dem Körper und lässt es sich schmecken. Die Mäuler der beiden sind blutverschmiert. Ein gutes Anzeichen, dass es ihnen gut geht. Mara liegt auf dem Bauch, mit dem Hinterteil zu ihm gerichtet. Sie zeigt ihm, dass sie bereit ist. Er steigt von hinten über sie und sie vereinigen sich. Sie brüllen gemeinsam entzückt auf. Dann ist es auch schon geschehen. Zufrieden macht sich Mara von dannen.

Inzwischen ist Sommer und Mara wieder am für sie so gefürchteten Festland. Sie weiß, dass sie hier kaum etwas zu fressen bekommen kann. Doch dieser Sommer ist anders. Wenn sie ihre Babys austragen will, braucht sie Fettreserven für den Winter. Um den Babys ein sicheres Heim zu bieten. Sie muss mit ihnen etwa vier bis fünf Monate in der Geburtshöhle ausharren. Dafür benötigt sie genügend Fettreserven. Sie erinnert sich noch gut an das, was ihr die Mutter auf dem Festland beibrachte. Wie könnte sie es auch vergessen? War es schließlich das Letzte, das ihre Mutter ihr beibrachte!

Mara macht sich auf den Weg, der Küste entlang. Wie ihre Mutter pirscht sie sich an die Walrossherde an. Genau wie ihre Mutter hat sie sich ein Kalb ausgesucht. Doch sie weiß auch, wie gefährlich der Kampf mit beschützenden Müttern sein kann. Schließlich hat auch damals das Muttertier Meredith eine tiefe Fleischwunde zugefügt. Mara weiß das alles. Sie weiß aber auch, dass sie die Fettreserven für den Winter benötigt und so muss sie die gefährliche Beute jagen. Sie klettert von oben herab auf die Herde zu. Sie brüllt und lässt die Zähne fletschen. Die Herde versteht die Zeichen und flieht panisch in Richtung Wasser. Mara setzt zu einem gefährlichen Sprint an. Denn bei den herrschenden Temperaturen zu sprinten kann lebensgefährlich sein. Doch Mara will unbedingt das Kalb, bevor es ins schützende Meer fliehen kann. Mara hechtet und schafft es, ihre Pranken in das Kalb zu rammen. Der Angriff brach so überraschend über die Herde herein, dass das Muttertier früh von ihrem Kalb getrennt wurde. Mara beißt in den Hals des Kalbes. Das Blut fließt über die schroffe Küste ins Meer. Und Mara genießt das fette Mahl. Mara wird allerdings mehr Fleisch benötigen. Und so folgt sie der Herde, um ihr immer wieder ein Kalb zu entreißen.

Als der Sommer sich zum Ende neigt und das Meer sich langsam wieder zu Eis wandelt, kehrt auch Mara endlich in ihre geliebte Heimat zurück. Nur dieses Mal wohlgenährt. Auch, wenn sie von Kämpfen mit den großen Muttertieren ihrer Beute gezeichnet ist, wandert sie trotzdem beruhigt mit dem Wissen nach Hause, dass sie auch im Sommer genügend Futter finden kann. Sie muss nur den Walrossen folgen.

In ihrem Reich angekommen, jagt sie wieder Robben. Doch viel Zeit hat sie nicht. Sie muss sich eine Höhle im Schnee bauen, damit ihre kleinen Babys gut behütet die ersten Monate überstehen. Für Mara ist die Eiseskälte kein Problem, doch für die Kleinen schon. Mara macht es sich und ihrem Nachwuchs gemütlich. Bereits einen Monat vor der Geburt harrt sie in der Höhle aus. Dann gebärt sie ihre geliebte Brut. Sie will für sie sorgen, wie es auch ihre Mutter tat. Sie hütet sie. Sie pflegt sie. Gibt ihnen ihre Milch. Und für einen Moment kann sie die Sorgen des erbarmungslosen Überlebenskampfs draußen lassen.

Der zugeschneite Eingang der Höhle wird aufgebrochen. Maras Kopf ragt hervor. Dann klettert sie raus. Zwei kleine Eisbären kriechen tollpatschig hinterher. Die beiden haben große schwarze Knopfaugen und ein strahlend weißes Fell. Der kleinere heißt Kelvin und der etwas größere Dylan. Während Dylan seiner Mutter hinterhertrottet, spielt Kelvin im Schnee. Mara hat Hunger. Sie weiß, sie muss sich beeilen, sie braucht Nahrung, um ihre Jungen weiter stillen zu können. Einen großen Teil des Winters hat sie schon in der Höhle verbracht. Viel Zeit bleibt ihr nicht mehr, bis das Eis zum Meer wird. Daher möchte sie schleunigst auf Beutezug gehen. Doch Kelvin hat ein anderes Interesse. Er möchte den Schnee erforschen. Er taucht in ihn ein und suhlt sich darin. Mara kann auf seine Befindlichkeiten keine Rücksicht nehmen. Denn das tut der Überlebenskampf auch nicht. Sie reckt ihre Nase in die Höhe, um zu erschnüffeln, wo sie hinsoll. Dylan tut es seiner Mutter gleich. Dann scheint sie eine Spur gefunden zu haben und marschiert los. Als Kelvin merkt, dass seine Mutter nicht auf ihn wartet, sprintet er los, um sie doch noch einzuholen.

Die kleine Familie marschiert, so wie es Mara mit ihrer Mutter auch schon tat. Mara bleibt stehen und ihre Jungen tun es ihr gleich. Sie schnüffelt am Boden entlang. Auch dies machen Kelvin und Dylan nach. Sie müssen jetzt schon lernen, was es heißt, ein Eisbär zu sein. Mara hat die Stelle gefunden. Sie hüpft mit ihren Vordertatzen voran auf die Eisdecke. Einmal. Zweimal. Dreimal. Die Eisdecke ist auf. Mara schnappt in das entstandene Loch. Ihr Kopf verschwindet im kalten Meer. Und als sie hochkommt, hat sie eine Babyrobbe im Maul. Ein kleines flauschiges Fellknäuel. Es quickt ängstlich nach seiner Mutter. Mara schüttelt es wild in der Luft umher. Sie schüttelt so lange, bis das Quicken verstummt. Mara beißt hinein und das weiße Fellknäuel verwandelt sich in einen blutgetränkten Kadaver. Auch die sonst so unschuldige Umgebung färbt sich rot. Das Robbenbaby hat den natürlichen Überlebenskampf verloren, damit Mara Nahrung kriegt, um ihre Jungen weiterhin stillen zu können. Nach erfolgreicher Jagd stillt Mara ihre Jungen. Gierig trinken sie die Muttermilch.

Die Sonne scheint von Tag zu Tag länger. Die Sonnenstrahlen drohen Mara. Sie schreien nicht. Sie sprechen ganz leise. Sie flüstern fast schon: *Beeil' dich! Denn wir holen uns dein geliebtes Eis!* Die Mutter versteht die Zeichen. Nach dem Mahl macht sie sich schleunigst auf den Weg. Und wer hält sie wieder auf? Klar, Kelvin. Kelvin untersucht den Kadaver der Ringelrobbe. Danach tut er es seiner Mutter gleich und springt mit den Vordertatzen voran auf die Eisschicht. Doch entsteht bei ihm kein Loch im Eis. Fragend schaut er seine Mutter an. Warum funktioniert es bei ihr und bei ihm nicht? Doch Mara hat keine Zeit zu warten, bis er weiter möchte. Sie müssen jetzt los! Widerspenstig folgt Kelvin ihr. Mara hat eine Ringelrobbe im Visier. Ausgewachsene Robben bieten einen größeren Nährwert als ihre Babys. Dafür sind sie aber auch schwieriger zu fangen.

Dylan steht ruhig hinter seiner Mutter. Sie dürfen sich jetzt bloß nicht bewegen. Sonst verschwindet die Robbe in ihrem rettenden Loch. Das weiß auch Mara. Zu oft hat sie eine Ringelrobbe nicht fangen können, weil sie zu früh entdeckt wurde. Mara bewegt sich in Zeitlupengeschwindigkeit fort. Die Robbe liegt ein Stück zu weit von ihrem Loch in der Sonne. Sie genießt die Sonnenstrahlen. Auch nimmt sie keine Notiz von der drohenden Gefahr. Fast schon blauäugig achtet sie nicht auf ihre

Umgebung. So ein Fehler kann im Eismeer schnell den Tod bedeuten! Denn Räuber warten nur auf eine unachtsame Robbe.

Doch ein kleiner Eisbär stürzt auf die Robbe zu. Sie erschreckt sich, auch wenn sie keine Angst haben braucht vor einem so kleinen Kerlchen. Wo ein kleines Kerlchen ist, ist aber auch seine mordende Mutter nicht weit. Die Robbe entdeckt den großen weißen Eisbären. Sie robbt sich angestrengt zum Eisloch. Mara sprintet, so schnell sie kann. Sie weiß, sie muss die Robbe erwischen. Die Robbe rutscht ins rettende Loch. Mara stürzt sich ebenfalls ins Loch. Sie will ihre Beute nicht entkommen lassen. Das kann sie sich nicht erlauben! Ihr Kopf ist unter Wasser. Ihr Maul weit aufgerissen. Die Robbe sieht schon die todbringenden Zähne. Sie spürt schon, wie sie ihr durch die Haut dringen und alles zerfetzen, was in ihre Quere kommt. Panisch zieht sie ihren Schwanz weg. Im letzten Moment entkommt sie der hungrigen Mara.

Mara ist weiter auf Beutezug. Ihre Kinder saugen und saugen. Mara muss den Jungen immer wieder die Milch verwehren. Denn sie hat bis jetzt zu wenig Beute gemacht. Die Familie ist hungrig. Der Magen vom neugierigen Kelvin grummelt bedrohlich. Dylan hat mehr Milch abbekommen als sein kleiner, wuseliger Bruder. Erschwerend hinzu kommt, dass das Eis dieses Jahr besonders schnell schmilzt. Viel Beute konnte Mara daher nicht fangen. Die Familie steht am Rande des noch dicken Eises und blickt auf das Polarmeer. Die Mutter der kleinen Eisbären fragt sich, ob ihre Jungen genügend Kraft für den Sommer haben. Doch eine Wahl hat die Familie nicht!

Mara schwimmt voraus. Dylan und Kelvin folgen ihr, wobei Kelvin wie schon die ganze Zeit einen ungewöhnlichen Abstand zu seiner Mutter hält. Ihn interessiert mehr die Umgebung, in der er sich befindet, als Maras Schutz. So schwimmen sie dem warmen Sommerdomizil entgegen, das Mara so sehr hasst. Mara hat aber im vorherigen Sommer eine Strategie erlernt, auch in den warmen Monaten im Jahr an genügend Futter zu gelangen. Dennoch bekommt ihr die warme Phase des Jahres nicht. Kelvin ist ein wenig abgeschlagen im Meer. Mara schwimmt weiter. Sie können sich keine Pause leisten. Wenn Mara ihre Kinder weiter stillen will, benötigt sie Futter. Daher schwimmt die Familie der Küste entgegen. Immer wieder schaut Mara nach hinten zu ihrem kleinen Sohn Kelvin. Es ist zu spüren, dass sie sich Sorgen macht, ob er Schritt halten kann. Die Sonne beschert der Familie einen schönen Untergang. Sie strahlt in einem kräftigen Rot und das Meer reflektiert die Strahlen. Gutgenährte Eisbären können Tag und Nacht durchschwimmen und brauchen keine Rast. Auch diese Familie schwimmt die ganze Zeit ohne Rast. Die Sonne gesellt sich aufgeregt zu unserer Eisbärenfamilie. Es ist, als ob sie bei ihr sein möchte.

Kelvin befindet sich bedrohlich weit weg von Mara. Es ist, als ob die Sonne ihm zuruft: *Schwimm! Kleiner Eisbär! Schwimm!* Und Kelvin schwimmt gut. Er schaut sich jedoch immer wieder um. Sobald er etwas Neues entdeckt. Wenn er Seegras sieht, muss er kurz innehalten und es untersuchen. Dann schwimmt er jedoch zügig nach, um den Abstand nicht zu groß werden zu lassen.

Dylan ist da anders gestrickt. Er möchte nur in der Nähe seiner Mutter sein. Er fürchtet sich zu sehr vor der Welt außerhalb der Höhle. Er schwimmt. Doch atmet er dabei hektisch. Eine Welle trifft ihn frontal. Dabei schluckt der kleine Eisbär Wasser. Das Wasser dringt in seine Atemwege. Es dringt in seine Lunge. Die Lunge wehrt sich vor dem feindlich gesinnten Eindringling. Sie hustet und keucht. Doch das Wasser fühlt sich wohl in der Lunge. Es will in der Lunge bleiben. Der kleine Eisbär hat Schwierigkeiten, sich über Wasser zu halten. Dadurch kann das Wasser in seiner Lunge noch mehr Wasser zu sich rufen. Und es kommt herbeigeeilt. Es strömt in Scharen über die Atemwege in seine Lunge. Die Lunge kann ihre Aufgabe nicht mehr ausüben. Es muss die für den Eisbären so wichtige Funktion aufgeben. Dem Eisbären fehlt der Atem, sich weiterhin über dem Meer zu halten.

Mara sieht, wie ihr Junge innerhalb eines Augenblickes nach unten gezogen wird. Panisch schaut sie ihm zu. Sie hofft, dass er es doch noch schafft. Hofft, dass er wieder an die Oberfläche schwimmt. Mara ruft nach ihm. Sie schreit ihn verzweifelt an. Er solle sofort wieder schwimmen. Sie will ihn nicht verlieren. Sie will nicht versagen. Sie liebt doch ihren kleinen Dylan. Doch Dylan tut seiner Mutter diesen Gefallen nicht. Der kleine Eisbär bleibt unter Wasser. Dort, wo er nicht atmen kann. Dort, wo er nicht leben kann. Das weiß auch Mara. Sie schreit ihren Schmerz über diesen Verlust aus ihrer Seele raus in die Welt. Mara hat die schmerzliche Erfahrung gemacht, was es bedeutet, ein Baby an den Überlebenskampf zu verlieren. Dylan hat es nicht geschafft. Ob es daran lag, dass das Eis zu früh schmolz und seine Mutter nicht genug Futter fand, um ihn ausreichend zu stillen? Ob es daran lag, dass die Strecke, die Dylan als kleiner Eisbär zurücklegen musste, noch länger war, als es noch Mara in dem Alter tun musste? Es ist nun egal! Mara hat ihren Jungen verloren. Doch ihr Leben muss weitergehen. In diesem Moment holt Kelvin seine Mutter auch schon ein. Es ist, als spüre er, was passiert ist. Es ist, als risse es auch ihm ein Loch in sein noch kleines Herzen. Er ruft seiner Mutter aufmunternd zu. Mara versteht. Mara weiß, dass sie für ihn weiterschwimmen muss. Weiterjagen muss. Ihm weiter das Leben eines Eisbären beibringen muss. Sie schwimmen weiter und als die Sonne mit Tränen im Gesicht untergeht, sind auch die beiden an der Küste angekommen.

Gegenüber von Mara liegt ein großer Eisbär. Er ist längst nicht mehr so imposant, wie er einst war. Sein Fell ist vergilbt. Seine Rippen drücken sich durch das einst so leuchtend weiße Fell. Mücken stürzen sich auf ihm, um das Blut abzusaugen. Er hat noch nicht einmal die Kraft, zu Mara rüberzuschauen. Mara ist erschrocken, was mit ihm passiert ist. Mit dem einst so starken Eisbär. Der sie vom Wal hat fressen lassen. Der ihr zeigte, wie Belugawale gerissen werden können. Der Vater ihrer Kinder. Mara schaut sich Kelvin an. Sie hat nur noch ein Kind. Das andere hat sich das Meer geholt. Kelvin sieht seinen fast verhungerten Vater. Er sieht, wie er so flach wie möglich atmet. Das tut er, um Energie zu sparen. Wahrscheinlich hat er auch den Winter auf Maras so verhasstem Festland verbracht. Für Mara ist das Festland die Hölle. Es ist zu heiß. Hier starb ihre Mutter. Und hier wird der Vater ihres Kindes den Tod finden.

Drei Eisbärmännchen sind am Strand angekommen. Mara weiß, wie gefährlich Eisbärmännchen für ihren Kelvin sein können. Die drei steuern auf sie zu. Mara brüllt. Sie schreit die drei förmlich an. Sie gibt ihnen zu verstehen, dass sie kämpfen wird, wenn sie ihr Baby wollen. Eine um ihre Kinder kämpfende Mutter sollte nicht unterschätzt werden! Die drei kommen näher und Mara stellt sich auf. Sie zeigt ihre Größe. Doch steuern die drei nicht auf Mara zu. Sie lassen Mara und Kelvin links liegen. Sie schenken den beiden keine Beachtung. Sie wollen den großen Eisbären, der sich nicht mehr wehren kann. Der erste der dreien reißt ihm die Kehle auf. Das Blut von Kelvins Vater spritzt durch die warme Hölle. Die anderen beiden männlichen Bären fangen an zu fressen. Die drei reißen seinen Bauch auf. Die Gedärme wabern aus dem einst so stolzen Tier. Kelvin ist geschockt. Und auch Mara ist es. Sie sehen zu, wie ein Bär der ihnen viel bedeutet, vor ihren Augen gefressen wird. Mara weiß, dass der Hunger die drei zu Kannibalen werden ließ. Der zu kurze Winter hat dafür gesorgt, dass die Eisbären nicht genug Fett für den Sommer ansetzen konnten. Mara und Kelvin schleichen davon. Mara möchte den drei inzwischen teufelsrot gefärbten Bären nicht mehr begegnen.

Mara und Kelvin haben genügend Abstand zwischen sich und die drei Bären bringen können. Kelvin will von seiner Mutter Milch haben. Er saugt, doch ist keine Milch mehr vorhanden. Mara hat ihr Kind in Sicherheit gebracht, aber dennoch benötigt der Kleine die für ihn so lebensspendende Milch. Mara hat sich schon öfters im Sommer durchgeschlagen. Sie weiß, wonach sie sucht. Sie stellt wie eh und je ihre Nase in die Luft. Dann marschiert sie wieder mit Kelvin im Schlepptau los.

Am nächsten Tag hat sie gefunden, wonach sie sucht. Die Walrossherde. Kelvins Knopfaugen werden größer als sonst. So etwas hat er noch nicht gesehen. Riesige Ungetüme, die Seite an Seite am Strand liegen. Er darf seiner Mutter bei der Jagd jedoch nicht in die Quere kommen. Dafür ist ein Walross zu gefährlich. Ein ausgewachsenes Exemplar könnte Kelvin leicht das Leben nehmen. Mara bläut dem kleinen Tausendsassa ein, sich nicht zu bewegen. Er soll hinter den schützenden Felsen bleiben. Zu viele Gefahren lauern hier, als dass er die Umgebung untersuchen dürfte.

Sie klettert auf einen Felsen und ihr Sohn schaut ihr aufgeregt zu. Hier lernt der Kleine eine Taktik, die ihm das Überleben in wärmeren Zeiten sichern kann. Mara stürzt die Klippe hinunter mit einem Kampfesgebrüll, als ob sie in die Schlacht zieht. Sie fletscht ihre Zähne. Sie gibt der Walrossherde zu verstehen, wer sich ihr in den Weg stellt, wird sterben. Sie sprintet bei der Hitze, was für sie lebensbedrohlich sein kann. Doch hat sie keine Wahl. Sie benötigt Futter, um Kelvin stillen zu können. Um auch selbst überleben zu können. Sie rast auf ein Kalb zu, das bei der hektischen Flucht allein gelassen wurde. Für Mara ein leichtes Ziel. Noch bevor das Kalb in das sichere Meer robben kann, erwischt sie es auch schon. Mara zerreißt ihr Opfer. Dann schleppt sie es die Klippen hoch, um es in Ruhe fressen zu können. Kelvin schaut seiner Mutter zu. Neugierig schnuppert er an dem zerfetzten Kadaver. Mara frisst derweil gemütlich ihr Festmahl. Auch Kelvin reißt schon kleine Stücke heraus und probiert das Essen, das seine Mutter angerichtet hat.

Die Luft kühlt sich merklich ab. Endlich. Für Mara dauerte der Sommer zu lange an. Sie ist mit Kelvin die letzten Monate über der Walrossherde gefolgt. Daher haben die beiden wenigstens keinen Hunger gelitten. Sie sieht sich die Küste an. Sie weiß, dass sie in dieser Bucht sich nur vom Wasser aus der Herde nähern kann. Mara hält inne. Ist es das Risiko wert? Hält sie es bis zum Winter aus ohne Nahrung? Und was wird aus Kelvin, wenn sie nicht ausreicht? Kelvin schaut seine Mutter fragend an. Es ist, als wundere er sich, warum sie so lange zögert. Bis jetzt hat er nur erfolgreiche Jagden gesehen. Er weiß daher nicht, was Mara weiß. Er hat noch nicht gesehen, welche Gefahr die Stoßzähne eines Walrosses bedeuten können. Mara schwimmt auf die Herde zu. Sie hat sich entschieden. Entschieden, dass sie noch ein Kalb reißen will.

Mara taucht, damit die Herde sie nicht sehen kann. Sie wird einen Überraschungsangriff starten. Erst im letzten Moment taucht sie auf. Die Walrosse schrecken auf. Panisch versucht sich jedes in Sicherheit zu bringen. Dabei wird Mara von einem Bullen überrannt. Mara schafft es nicht, sich auf den Beinen zu halten. Sie stürzt zurück ins Wasser. Der Bulle denkt jedoch nicht daran, weiterzufliehen. Er will, dass Mara verschwindet. Drohend zeigt er ihr seine Stoßzähne. Es ist, als gäbe er Mara eine letzte Chance, zu verschwinden. Mara richtet sich überrascht wieder auf. Sie schlägt nach den Bullen. Ihre Krallen reißen seine Haut auf. Blut schießt aus den Wunden. Mara möchte sich nicht von einem Walross verscheuchen lassen.

Der Bulle stößt seine Hauer in Maras Schulter. Sie bohren sich durch ihr Fell. Durch ihre Haut. Durch die dicke Fettschicht. Stoßen auf Maras Knochen. Mara brüllt auf. Nicht wie sonst. Es ist kein Kampfgebrüll, das den Walrossen Angst einjagt. Es ist ein Gebrüll der Angst. Mara fürchtet, bei dem Kampf zu sterben. Stürzt sich nach hinten. Sie flüchtet. Die Gefahr zu sterben, ist es ihr nicht wert. Sie schwimmt zu Kelvin zurück. Dieser ist geschockt. Das hat er nicht erwartet. Nun weiß er, warum seine Mutter vor diesem Angriff gezögert hat. Wieder einmal hat er etwas gelernt. Er muss noch viel lernen, wenn er allein überleben will.

Aus Maras Wunde tritt Blut aus. Die rote Flüssigkeit bahnt sich ihren Weg aus Maras Körper hinaus. Mara humpelt über die Küste. Sie muss anhalten. Sie kann nicht weiterlaufen. Sie leckt sich über ihre offene Wunde. Kelvin sieht seiner Mutter voller Sorge zu. Auch sein Überleben hängt davon ab, ob sie wieder auf die Beine kommt. Denn ohne seine Mutter hat er keine Chance. Er braucht noch Maras Milch. Er muss noch viel von seiner Mutter lernen.

Mara humpelt zur Küste. Von Tag zu Tag wird es kälter. Nachts fallen die Temperaturen deutlich unter null. Gerade zur richtigen Zeit. Mara geht es gar nicht gut. Die Wunde hat sich entzündet. Sie riecht nach Fäulnis. Kelvin merkt es. Er weiß vielleicht nicht, warum es so ist. Doch weiß er, dass der Zustand seiner Mutter kritisch ist. Und damit auch seine Zukunft ungewiss. Mara möchte nur in ihre Eiswelt. Es ist, als könnte ihr nur das Eis helfen. Noch friert das Meer nicht zu. Mara liegt am Strand. Sie lässt das Wasser an ihre Wunde. Zum Glück war die Sommerzeit sonst recht erfolgreich. Sie hat sogar Fettreserven ansetzen können. Und das Wichtigste für sie, sie kann Kelvin stillen. Sie will ihm beibringen, zu überleben. Aber dafür muss sie überleben.

Es schwimmen dicke Eisbrocken im Meer. Normalerweise würde Mara anfangen zu schwimmen. Doch mit der Schulter würde sie die Entfernung nicht zurücklegen können. Und so ist sie gezwungen, zu warten. Am Horizont sind drei Silhouetten von Eisbären zu erkennen. Mara ist beunruhigt. Was ist, wenn es die drei Kannibalen sind. Durch die Wunde hätte Mara keine Kraft, ihren Kelvin zu beschützen. Mara läuft an der Küste in die entgegengesetzte Richtung. Weg von ihrer Heimat. Doch muss sie es tun. Das Risiko, dass Kelvin von den Kannibalen gerissen wird, ist zu groß.

Mara bäumt sich auf. Sie wedelt mit ihren Pranken. Sie fletscht ihre Zähne. Einer der Kannibalen steht vor ihr. Kelvin rettet sich ins Meer. Er schwimmt. Hauptsache weg von der Bedrohung. Mara brüllt. Sie schimpft. Doch der Kannibale bleibt ruhig. Seine Schnauze ist noch voller Blut. Eisbärenblut. Zwischen seinen Zähnen hängen weiße Fellreste. Mara versucht ihn zu verscheuchen. Sie würde ihn angreifen, doch ist die Wunde an ihrer Schulter immer noch nicht verheilt. Mara dreht sich gerade herum, um ins Meer zu springen und ihrem Sohn zu folgen. Sie kann ihn nicht allein im Meer lassen! Bevor sie das Wasser erreicht, springt sie ein weiterer Kannibale an. Eine Tatze reißt ihr durchs Gesicht und hinterlässt eine Spur der Verwüstung. Eine Kralle verfängt sich in ihrem Auge. Die Tatze nimmt darauf keine Rücksicht und bahnt sich erbarmungslos ihren Weg. Dem Augapfel bleibt nichts anderes übrig, als sich der Gewalt zu stellen. Er zerplatzt. Die gelartige Flüssigkeit spritzt heraus. Mara heult schmerzerfüllt auf. Die zweite Tatze des Kannibalen trifft ihren Körper und stößt sie um. Sie schleudert über den Strand. Landet schmerzhaft auf der Wunde. Aber Mara ist eine Kämpferin und glücklicherweise wohl genährt. Sie stemmt sich auf. Gibt ein Kampfesgeschrei von sich. Sie stellt sich dem Überlebenskampf. Sie will sich nicht kampflos ergeben, wie der Vater ihrer Kinder. Sie schwingt ihre Pranke und erwischt die Schnauze des Angreifers. Ihre Krallen verbeißen sich in seine empfindliche Nase. Mit einem Ruck zerreißen ihre Krallen das Hindernis. Der Angreifer mit der blutigen Nase heult entsetzlich auf und zieht sich zurück. Mara kommt erleichtert auf die Vorderpfoten. Just in dem Moment bohren sich die todbringenden Zähne des ersten Kannibalen in ihren Hals. Mara weiß, wie gefährlich diese Zähne sind. Oft genug war sie diejenige, die mit solchen Zähnen tötete, um weiter Leben zu können. Der dritte Eisbär schlägt mit seiner Tatze auf ihre Wunde. Mara heult auf. Und er schlägt weiter auf sie ein. Trifft ihren Kopf. Mara wird schwindelig. Geht zu Boden. Der Kannibale hat ihren Hals fest im Griff. Ihre Augen schließen sich.

Dann öffnen sie sich wieder. Sie sieht das Meer. Dort, wo ihr Junge schwimmt. Alleine. Ohne seine Mutter. Sie stellt ihre Tatzen noch einmal auf. Ihre Muskeln spannen sich an. Doch der Eisbär schlägt wieder auf sie ein. Seine Krallen reißen riesige Wunden in ihren Rücken. Das Blut spritzt aus ihrem Körper. Es verteilt sich über ihr vergilbtes Fell. Der Kannibale, der ihren Hals im Maul hat, reißt ihn herum. Das Blut spritzt aus ihrem

Hals heraus. Verteilt sich über den Kieselstrand, den Mara so sehr hasst.

Der Kannibale will Mara endlich töten. Er will sie endlich fressen. Er weiß sich sonst nicht zu helfen. Er weiß, dass die Winter immer kürzer werden. Dass die Zeit auf dem Eis zu kurz ist, um genügend Futter anzusetzen. Und so dient ihm das Ende von Maras Geschichte dazu, seinen Überlebenskampf in der immer heißer werdenden Hölle fortzusetzen.

Jimmy das Walross

Eine bekannte Dokumentation zeigt auf, dass im Jahr 2017 sich über 100.000 Walrosse entlang eines Küstenstriches in Nordrussland versammelten. Immer wieder kommt es zu Massenpanik, sodass sich die tonnenschweren Tiere oftmals gegenseitig tödlich verletzen oder auf die höher gelegenen Klippen fliehen. Früher, als es das Eis noch gab, brauchten die Walrosse diesen Ort nicht.

In dieser Kurzgeschichte wird das Gezeigte in eine fiktive Geschichte umgewandelt, in der auch die Lebensweise unserer Gesellschaft aufgegriffen wird.

Hi, ich heiße Jimmy. Sie kennen mich bestimmt, aus diesem Dokumentarfilm. Sie haben mich gesehen. Waren geschockt, wegen dieser Bilder. Manche schrieben bestürzte Artikel über mich und die anderen Walrosse, wie wir in die Tiefe stürzten. Sie sahen, wie mein Körper dem Erdboden gefährlich schnell entgegenfiel. Bevor der Boden mich in die Arme nahm, schlug ich mit meinem Kopf gegen einen Felsvorsprung. Mein Schädel hielt diesem Schlag nicht stand. Der Schmerz riss mein Bewusstsein in Stücke. Mein Kadaver fiel mit einer Drehung weiter, bis er auf dem Boden hart aufschlug. Trotz meines schützenden Fettes, hielten die Rippen der Kraft des Sturzes nicht stand. Sie zerbrachen. Äußerlich war davon nichts zusehen. Nur die Wunde an meinem Kopf zeigte, diesen Sturz könnte ich nicht überlebt haben. Blut floss aus meinem Kopf. Es bildete einen Fluss, der im Meer mündete.

Manche fragen sich jetzt vermutlich, wenn ich tot bin, wie ich Ihnen die Geschichte erzählen kann? Als mein Bewusstsein in Stücke zerfetzt wurde, ist ein Teil aus meinem Körper geflogen. Er überlebte. Er beobachtete den Sturz. Er beobachtete, wie die weiteren Walrosse meinem Beispiel folgten. Wie unsere leblosen Körper in einer Reihe lagen. Wie es die anderen Walrosse nicht interessierte. Sie lebten ihr erbärmliches Leben einfach weiter. Vielleicht, weil sie uns insgeheim beneideten. Auch sah ich, wie nach der ersten Aufregung in den Medien, niemand mehr über mich sprach. Niemand wollte etwas ändern. Es würde einfach weiterlaufen, wie bisher. Deswegen erzähle ich Ihnen meine Geschichte. Manche Experten behaupteten, wir wären von Eisbären gejagt worden. Ich werde Ihnen erzählen, was damals wirklich geschah. Warum ich von der Klippe stürzte. Die kurze Story ist, dass ich mir das Leben nahm. Ich hielt dieses Drecksleben nicht mehr aus. Ich konnte so einfach nicht mehr weiterleben.

Es fing an, als ich ein Kalb war. Es war warm und Mama und ich waren auf einem Felsen. Um uns herum nur Meer und ein reich gedeckter Tisch. Eigentlich eine coole Sache. Das Problem mit dem reich gedeckten Tisch ist, dass viele andere Walrosse an diesem Platz nahmen. Der Felsen war voll. So richtig übervoll. Ich lag ganz nah an Mama gepresst. Um uns herum war ein Meer aus Walrossen. Dadurch konnte ich mich nicht bewegen. Es war schwer Luft zu holen. Wenn wir auf dem Felsen waren, war es, als könnte ich nicht atmen, als wäre ich unter Wasser.

Nur unter Wasser konnte ich mich wenigstens bewegen und wiederauftauchen. Diese wunderschöne Luft einatmen. Ich genoss es, wie sie durch meine Nase strömte. Über meinen Hals. Bis in die Lunge. Es war, als reinigte sie mich. Es war, als saugte sie alles auf, was mich drohte, von innen zu zerreißen. Damit ich den ganzen innerlichen Abfall herauspusten konnte. Ich genoss den Wind. Wie er über meinen Kopf blies. Und mich streichelte. Es war fast so, als ob meine Mama mich in den Arm nahm. Mir ein Lied vorsang, um mir meine Sorgen zu nehmen.

Doch auf dem Felsen gab es diese heilige Luft nicht. Ich hatte Schwierigkeiten genügend Sauerstoff zu mir zunehmen. Ich atmete hektisch. Obwohl ich nur neben meiner Mama lag, war ich ganz außer Puste. Manchmal hatte ich Angst, zu ersticken. Auch der streichelnde Wind fehlte mir. Der, der mir die Sorgen nahm.

Der, der mir Trost spendete. Es lag stattdessen der fette Arsch von dieser blöden Kuh Roswita neben mir. Und wenn mich etwas streichelte, dann lag es daran, dass sie ihre Gase unkontrolliert hinausließ. Der Gestank kroch in meine Nase. Er griff ohne Rücksicht die vorhandene Luft an. Er metzelte sie ohne Gegenwehr nieder. Jeder Versuch, meinen Kopf wegzudrehen, scheiterte kläglich. So musste ich den Gestank ertragen.

Um zu unserem geliebten Meer zu gelangen, mussten wir uns durch Hunderte von Walrossen kämpfen. Teilweise stiegen wir über sie. Einmal fiel ich zwischen zwei Kühe. Meine Hinterflossen verfingen sich zwischen ihnen. Ich konnte nicht mehr weiter. Ich zog so stark, ich konnte, aber meine Flossen waren nicht zu befreien. Meine Mutter quetschte sich weiter durch die Massen hindurch. Ich hatte Angst. Angst, meine Mama zu verlieren. Panik brodelte in meinem Bauch. Um dann über meinem ganzen Körper auszubrechen. Ich zog wieder. Und wieder. Ich schlug auf die beiden ein. Keine der beiden regte sich. Ich rief meine Mama: »Warte! Warte!« Doch meine Mama drehte sich nicht einmal um. Ich schlug weiter auf die beiden ein. »Lasst mich bitte zu meiner Mama!«, sagte ich hysterisch. Und schlug weiter auf sie ein.

»Kannst du jetzt mal aufhören!«, maulte mich die Rechte an. »Ist ja nicht zum Aushalten!«

Ich sah, wie meine Mutter sich immer weiter entfernte, und die beiden Kühe haben sich nicht ein Stück bewegt, um mich freizulassen.

»Aber meine Mama! Ich sehe sie kaum noch! Bitte lasst mich los!«, kreischte ich. Dabei überschlug sich meine Stimme hörbar.

Ich hörte beide zwar grunzen, doch interessierte ich mich nicht dafür. Ich wollte nur zu meiner Mutter. Die ich nicht mehr sah. Ich wusste nicht, ob ich sie je wiederfinden würde. Es war schrecklich. Ich wusste, ich würde verhungern. Ohne die leckere Milch meiner Mutter hatte ich keine Chance. Und ohne ihren schützenden Körper würden mich die fetten Kühe zerquetschen. Wenn diese Beiden mich überhaupt freilassen würden!

Ich blickte nach hinten und sah, wie der Fels die Sonne verschluckte. Das machte er immer so, bevor die Nacht anbrach. Bevor die Sonne sich dem Felsen ergab, kämpfte sie. Sie stieß in den Felsen einen Strahl. Das Blut des Felsen spritzte über den ganzen Himmel und tunkte ihn blutrot. Meine Tränen versiegten. Ich wusste, ich musste mich meinem Schicksal stellen. Es gab keine Hoffnung. Wenn ich überleben wollte, dann …

»Mary, danke, dass du auf Jimmy aufgepasst hast!«, rief meine Mutter fröhlich. Ich war verwundert. So fröhlich und ausgeruht hatte ich sie noch nie erlebt.

»Der Bengel hat die ganze Zeit getobt, geschrien und geheult. Bring ihm schleunigst Benehmen bei! Hätte ich gewusst, was für ein Satansbraten er ist, hätte ich dir den Gefallen nicht getan!«, empörte sich Mary.

Meine Mutter schaute mich mit einem vorwurfsvollen Blick an. Ich rechtfertigte mich: »Ich dachte, ich würde dich nie wiedersehen! Ich dachte, ich werde verhungern!«

»Hörst du mir denn nie zu? Ich sagte doch! Du bleibst bei Tante Mary und ich entspann mich mal wieder!«, sagte Mama.

Mary stimmte mit ein: »Sagte ich ihm auch. Aber er hört ja nicht!«

Ich war sauer auf meine Mutter. Ich war mir sicher, sie hatte vorher nichts gesagt. Denn ich hätte es nie akzeptiert. Ich hasste den Felsen. Das Meer war dagegen pure Freiheit. Als ob ich freiwillig dageblieben wäre!

Habe ich schon erwähnt, dass ich das Meer liebte? Ich war mit meiner Mutter im Wasser. Wir suchten nach Essen und fanden es zur Genüge. Wir schlugen uns den Wanst voll. Und ich genoss es. Das Wasser um mich herum. Wie es mich umarmte. Unter mir der Meeresboden. Dort versteckten sie sich. Muscheln. Wie ich sie liebte. Das war mein Lieblingsgericht. Allein das Aufknacken der Schale erzeugte in mir ein wohliges Gefühl. Meine Mama brachte es mir bei. Sie zeigte mir, wie sie nur mit den Lippen und Kraft im Kiefer aufgebrochen werden konnten. Ich war ein Naturtalent. Keiner meiner Altersgenossen konnte es. Daher kannten sie diese kostbare Delikatesse nicht aus erster Hand. Sie kannten nicht dieses Gefühl, wenn sie so schön vom Mund in den Bauch flutschten. Sie wussten nicht, wie es ist, wenn die Muscheln die Geschmacksknospen aktivierten. Wie sie ein Feuerwerk auf der Zunge erzeugten. Mir reichte es schon, wenn ich sie aufspürte und roch. Dann schmeckte ich sie schon. Wenn ich eine erwischte, konnte ich nicht mehr aufhören, sie zu verschlingen.

Ich beneidete Fische, die an uns vorbeischwammen. Sie konnten einfach unter Wasser bleiben. Ich hingegen musste immer wieder auftauchen. Völlig außer Atem gierte meine Lunge nach frischer Luft. Doch meine Geschmacksknospen schickten mich wieder in die Tiefe. Ich konnte nicht aufhören, nach Muscheln zu suchen.

»Mann, Jimmy, das ist das letzte Mal, dass du unter …«, schrie meine Mama. Doch hörte ich das Ende ihres Satzes nicht mehr. Ich tauchte noch einmal zum Meeresboden. Ich wusste, wie sehr es sie aufregte. Ich verstand damals nicht, warum sie immer wieder so zügig auf den Felsen wollte. Am liebsten hätte ich im Meer geschlafen. Doch irgendwann musste ich wieder hoch.

Ich sah den strengen Blick meiner Mama. Ich sah, wie genervt sie war. Sie brauchte nichts mehr zu sagen. Ihr Blick sagte alles. Wie gern wäre ich noch einmal untergetaucht. Meine Mama schwamm ohne mich los. Ich überlegte kurz, ob ich mich von ihr lösen solle. Endlich meinen eigenen Weg gehen. Ich dachte, dass es alleine schon nicht so schwer wäre. Ich wusste nichts von unserem Leben. Ich war jung und dumm. Ich dachte, die Welt würde mir zu Flossen liegen. Obwohl ich meiner Mama nicht folgen wollte, schwamm ich ihr hinterher. Ich wünschte …, ich wäre ihr nicht nachgeschwommen. Vielleicht … Ich meine, man weiß es nie genau. Aber ich habe mir immer die Schuld gegeben.

Wir waren endlich an unseren Platz angekommen. Es war jedes Mal aufs Neue eine Tortur. Über Tausende von fetten Kühen zu klettern. Die sich beschwerten. Die nach einem schlugen, mit ihren Stoßzähnen. Eine traf mich in meinem Po. Die Wunde blutete sogar. Meine Mutter meinte, es wäre nicht so schlimm. Ich sollte mich nicht so anstellen. Doch brannte es höllisch. An unserem Platz war ich wieder dermaßen eingequetscht, dass ich nicht einmal meine Wunde pflegen konnte.

Als die untergehende Sonne wieder einmal ihre spitzen Strahlen in den Felsen schoss und das Blut des Felsens über den Himmel verteilte, kam Bewegung in die Herde. Erst war ein leichtes Zittern zu spüren. Es war unheimlich. Wie ein kaltes Wispern, das einem ins Ohr kriecht: *»Ich kriege dich!«*

Meine Mutter schreckte hoch. »Jimmy, bleib bei mir!«, schrie sie und versuchte, Richtung Meer zu fliehen. Ich verstand nicht, was passierte. Doch versuchte ich, Schritt zu halten. Wir kletterten über Tante Mary. »Pass doch auf, du Schwachkopf!«, schimpfte sie und hakte mir einen ihrer Stoßzähne in die Flosse. Ich jaulte auf. Ein unbändiger Schmerz wanderte von der Flosse in meine Wirbelsäule. Der Schmerz hielt mich fest. Ich konnte nicht weiter. »Mama! Warte!«, schrie ich. Sie drehte ihren Kopf und bis heute sehe ich ihre aufgerissenen Augen. Ihr Unterkiefer hing ungläubig hinab. Plötzlich drückte mich etwas nach unten. Es raubte mir meinen Atem. Meine Lungen rangen nach Luft. Sie taten ihr Bestes, doch schafften sie nicht genügend Sauerstoff zu erhaschen. Panik stieg in mir auf. Breitete sich in meinem ganzen Körper aus. In mir schrie eine hysterische Stimme: *»Ich sterbe!«*

Ich wusste nicht einmal mehr, wo oben oder unten ist. Ich drückte mich irgendwo dagegen. Versuchte, mich mit meinen Flossen rauszugraben. Doch eine Welle nach der anderen brach über mich herein. Es war stockfinster. Ich versuchte, mich mit meinen noch mickrigen Stoßzähnen freizukämpfen. Doch jedes Mal, wenn ich glaubte, einen Zentimeter Platz für mich erkämpft zu haben, drückte mich wieder etwas in die Dunkelheit.

Ich sage Ihnen wirklich, ich wünschte, ich wäre in diesem Augenblick gestorben. Es hätte mir dieses gefickte Leben erspart!

Durch die Dunkelheit brach ein schwaches Licht herein. Mit ihm ein Luftstrom. Gierig saugte ich ihn auf. Auf meine Lungen füllten sich. »Jimmy!«, erhellte die Stimme meiner Mama diesen finsteren Ort. Dann drang das Licht weiter in die Dunkelheit. Es kämpfte sich durch, bis es auch den widerstandsfähigsten Schatten in Stücke zerfetzte. Und da sah ich sie. Meine Mama. Sie stieß eine Kuh nach der anderen von mir. »Runter von meinem Baby!«, schrie sie mit einem Kampfesgebrüll. Endlich konnte ich mich bewegen. »Lauf, Jimmy! Lauf!«, rief sie mir zu. Ich rannte. »Ich bin direkt hinter dir! Renn weiter!«, trieb sie mich an.

Ich rannte weiter. Es war, als würde mich eine Welle von Walrossen tragen. Doch irgendetwas stimmte nicht. Ich spürte, dass etwas fehlte. Dass jemand fehlte. Also drehte ich mich um. Meine Mutter war nicht mehr hinter mir. Sie war immer noch an der Stelle, an der sie mich befreite. Ich sah nur noch ihren Kopf. Wie sie versuchte, mit ihren Stoßzähnen die kopflos umherrennenden Kühe von sich runterzustoßen. Doch die Massen, die über meine Mutter hereinbrachen, waren zu groß. »Mama! Mama!«, jammerte ich. Es war, als hörte sie mich. Es war, als hörte ich ihre Stimme: »Lauf weiter!« Doch ich wollte nicht weiterlaufen. Ich wollte zu meiner Mama. Ich musste sie retten.

Ich drehte meinen Körper entgegen der Walrosswelle. Meine Mutter war, wie ich zuvor, unter dieser fleischigen Masse begraben. »Mama! Ich rette dich!«, schrie ich. Doch anstatt näher zu ihr zu gelangen, trieb mich diese in Panik geratene Walrosswelle weiter von meiner Mutter weg. Ich durfte sie nicht zurücklassen. Also stieß ich der Kuh, die mir den Weg versperrte, mit meinem Stoßzahn ins Auge. Sie jaulte entsetzt auf. Ich drückte mich weiter Richtung meiner Mama. Jedes Walross, das mir im Weg stand, räumte ich beiseite. In diesem Moment hatte ich nur an meine Mama gedacht. Ich musste sie retten!

Plötzlich spürte ich unter mir das Wasser. Ein heftiger Stoß erwischte mich und ich fiel ins Meer. Ein Stoßzahn erwischte mich. Unter Wasser sah ich, wie Blut aus meiner Wunde trat. Ich tauchte auf. Suchte die Oberfläche nach meiner Mama ab. *Sie muss es geschafft haben*, durchdrang mich ein verzweifelter Gedanke. Also rief ich »Mama! Mama!« Doch von meiner Mutter war keine Spur.

»Jimmy, du Nichtsnutz! Wo ist denn deine Mama?«, fragte mich meine nervige Tante Mary.

Ich schüttelte nur den Kopf.

»Was für ein Mann bist du denn? Du hättest auf deine Mutter aufpassen sollen!« Marys Worte schnitten in meine Seele. Mit einem Präzisionsskalpell wurde die Hauptschlagader meines Geistes durchtrennt. Mein Ich floss in diesem Moment langsam, aber beständig ins Meer.

»Deine Schwester hat es nicht geschafft!«, sagte Roswita völlig außer Atem. »Sie hat noch diesen Bengel gerettet, um dann selbst im Graben erdrückt zu werden«, berichtete diese fette Kuh und nickte in meine Richtung. Marys strafende Blicke trafen nur meinen Körper. Denn innerlich war ich schon tot. Ich schwamm. Ich wusste nicht wohin, doch wollte ich nur weg von diesen Votzen.

»Wooow! Sieht die geil aus!«, rief Anthony begeistert, als eine Kuh an uns vorbeischwamm. Nach dem Tode meiner Mutter schloss ich mich einer Gruppe junger Bullen an. Da war der dauergeile Anthony. Wir nannten ihn jedoch nur Tony. Er holte sich einen Korb nach dem anderen ab und hielt sich dennoch für den größten Player auf dem Felsen. Dann war da noch Marco. Er war der Größte von uns. Doch leider dümmer als die Muscheln, die wir fingen. Und Nico. Er war unser Anführer. Schon damals erkannte man, der wird ein Alpha. Aber noch war er zu klein, um sich mit den Älteren zu messen. Ich war der Jüngste und stand aufgrund meiner Größe in der Hackordnung ganz unten. »Jimmy, sag mal dieser Schnecke, dass ich bereit bin, sie zu daten!«, trug mir Tony auf.

»Mann, die will eh nichts von dir!«, winkte ich ab. Die anderen beiden lachten ihn aus.

Tony schlug mit seinen Stoßzähnen nach mir. »Hat dich jemand nach deiner Meinung gefragt, Opfer? Jetzt mach!« Im Grunde war es mir egal. Ich schämte mich nicht vor den Kühen. Auch nicht vor Natascha. Die Heißeste auf dem ganzen Felsen. Aber ich hasste es, von einem Trottel Befehle entgegenzunehmen. Seine Stoßzähne hielten meinem Stolz in Zaum und so ging ich zu der Kuh rüber.

»Warte mal, Kleines!«, rief ich ihr zu.

Sie drehte sich um. Ihr Gesichtsausdruck schrie mich förmlich an: »VERPISS DICH!«

Mir war es egal. Ich würde schon auf meine Kosten kommen. »Hey, hast du Lust, diesem Trottel eins auszuwischen?«, sagte ich und nickte zu Tony. Sie schaute interessiert zu ihm. Er streckte seine Flosse in die Höhe und hielt sie schräg. Er dachte, das sähe cool aus. Dabei merkte er nicht, dass er damit eher einem Goofy glich.

»Was hast du vor?«, fragte sie interessiert.

»Also, siehst du die Höhle da drüben?« Ihr Blick war schon nicht mehr genervt. Im Gegenteil. Ein breites Grinsen zierte ihr Gesicht. Es war, als kapierte sie sofort, was ich vorhätte. Wir sprachen uns ab. Sie schwamm zur Höhle und ich zu Tony.

»Was hat sie gesagt?«, fragte dieser Wannabe.

»Die Kleine schwimmt zur Höhle. Da wartet sie auf dich«, sagte ich ihm. Seine Augen waren aufgerissen. Es war, als könnte er selbst nicht glauben, dass sie ihn ranlassen würde. Aber sein Schwanz übernahm das Kommando über seinen Körper. Sofort machte er sich auf zur Höhle. »Da hat er aber ziemlich Glück«, teilte Marco uns seine Erkenntnis mit. Nico schüttelte den Kopf. »Du Idiot«, und wir eilten auch zur Höhle. Das Spektakel konnten wir uns nicht entgehen lassen. Wir waren nicht die einzigen, die sich um die Höhle versammelten.

»Dass er nicht riecht, wo er ist! Selbst Marco ist nicht so dumm«, lachte sich Nico kaputt.

»Ja, stimmt! Selbst ich bin nicht so dumm«, lachte Marco mit.

Wir hörten, wie es in der Höhle zur Sache ging. Tony schrie: »Oh! Yeah! Baby! Ich wusste doch, dass du eine Gierige bist!« Ich sah Natascha auch unter den anderen. Sie lachte und ihre Augen strahlten dabei. Sie strahlten so hell, dass sie für einen Augenblick die Dunkelheit in meinem Herzen vertrieben. Sie schaute zu mir rüber und wir lachten gemeinsam über Tony.

Wie cool wäre es, einfach mal die Zeit anhalten zu können. Das war einer dieser Augenblicke. Er hätte eine Ewigkeit andauern können, ohne dass er mir jemals leid hätte werden können.

Doch dauerte dieser Augenblick gerade einmal ein paar Sekunden. Tony kam raus. »Ey Jungs, habt ihr mitbekommen, wen ich geknallt habe? Ich bin der KING!«, freute er sich. Alle lachten. Er blickte sich um und sah Natascha. Er schaute irritiert. Wir hörten einen lauten Knall in der Höhle. Es war, als würde eine giftige Wolke aus ihr treten. Jeder, der nicht seinen Atem anhielt, bereute es sofort. Tony hielt seinen Atem nicht an. Und so würgte er. Ich kannte dieses Gefühl. Schließlich bin ich neben Roswitas Arsch aufgewachsen. Ich kannte das Gefühl, wenn der Gestank in deine Lunge dringt und dir droht, dein Inneres aufzufressen. Das Gelächter wurde größer, als Tony zu würgen begann. Sein Gesicht zog eine angeekelte Grimasse. Es war, als dämmere ihm, was er getan hatte. Die Höhle gehörte seit Beginn der Paarungszeit schon Roswita. Nur traute sich niemand da hinein. Wegen ihrer gefürchteten Gase. Zu allem Überfluss sah Roswita aus, wie sie roch.

Natascha schwamm an mir vorbei und wir klatschten ab. Ich hatte sie tatsächlich berührt. Ein Quell der Lebensfreude sprudelte von der berührten Flosse. Sie durchströmte meinen kompletten Körper. Schöner kann es im Himmel nicht sein. Es entschädigte mich für die Schläge, die ich von Tony bekam. Er rammte mir seine Zähne in meinen Rücken. In meinen Nacken. Er riss meinen halben Körper auf. Ich schrie wie am Spieß. Ich schlug zurück. Doch war er deutlich kräftiger als ich. »Du Hurensohn!«, schrie er. »Ich ficke dich!« Und wieder rammte er seine Hauer in mich. Nico und Marco mussten ihn zurückziehen, bevor er mich noch ernsthaft verletzte.

»Komm schon, Sunnyboy! Sei doch dankbar. So hast du ihn auch einmal unterbringen können«, streute Nico Salz in die Wunde.

»Heute konnten sie dich retten. Aber warte ab. Das wird noch ein Nachspiel haben! Du Sohn einer Nutte«, schrie Tony zu mir rüber. Nach dem Streich verließ er unsere Gruppe.

Der Sommer war hardcore. Es war heiß. Selbst, wenn die Sonne unterging, blieb es heiß. Ich schwitzte. Tags wie auch nachts. Meine Haut juckte. Sie brannte. Ich schürfte sie mit meinen Zähnen auf. Ich konnte nicht aufhören, zu kratzen. Nur das Kratzen half für einen Moment den Juckreiz in die Flucht zu jagen. Doch nach dem Kratzen kam das Brennen. Es durchzog meine komplette Haut.

Warum bin ich damals nicht gestorben?, durchdrang mich ein fast schon unschuldig anmutender Gedanke. Ich hasste den Felsen. Meine Jungs und ich verteidigten unseren Platz. Der war Gold wert. Direkt am Strand. Das heißt, das kühle Nass kam alle paar Stunden, um uns abzukühlen. Außerdem mussten wir uns nicht durch die Fleischberge kämpfen, um ins Meer zu gelangen. Wir tauchten einfach in mein geliebtes Wasser. Marco war ein Riese. Er tat alles, was Nico ihm auftrug. Aus irgendeinem Grund mochte Nico mich. Deswegen durfte ich bei ihm chillen. Obwohl Nico seinen Platz im Griff hatte und dort machen konnte, wie er wollte, konnte er gegen die Hitze und das Jucken auch nichts machen. Selbst unsere Augen waren feuerrot. Ich ließ die Augen über Wasser lieber geschlossen. Denn sobald ich sie öffnete, begann das Brennen. Eine Sekunde am Felsen war wie ein Tag unter Wasser.

»Ey, das ist unser Platz«, hörte ich eine bassreiche Stimme. Die Stimme zwang mich, meine Augen zu öffnen. Denn das bedeutete: Kämpfen. Da sah ich Tony in den Reihen des Angreifers. Er grinste mich an. Es war klar, dass er mich haben wollte. Scheinbar hatte er die Schmach immer noch nicht vergessen können. Aber wie konnte er auch. Schließlich erinnerten ihn genügend Leute auf dem Felsen an sie.

»Ich kann dich nicht ernstnehmen!« Nico schüttelte den Kopf. Alle blickten irritiert. »Solang du einen in deiner Gang hast, der Roswita gebumst hat!«, lachte Nico lauthals. Auch Marco stimmte mit einem dumpfen Lachen ein.

»Du Hurensohn«, schrie Tony entsetzt.

Doch seine Jungs schauten sich fragend um. »Ehm ... Stimmt das wirklich? Hat er wirklich Roswita gebumst?«, fragte einer aus der Gruppe.

Ich grinste Tony an und meinte: »Zu seiner Ehrenrettung. Er dachte, es wäre Natascha.«

Alle lachten. Auch seine Jungs. »Verflucht, wie kann man nur dieses stinkende Kampfschiff knallen?« Unweigerlich grinste ich in mich hinein. Glücklicherweise zogen die Angreifer davon. Diesmal mussten wir nicht kämpfen.

Ich kannte die Stelle mit den besten Muscheln. Marco und Nico waren schon zum Felsen zurückgeschwommen. Doch ich bekam nicht genug. Das Knacken der Schale. Das Schlürfen. Dieser Geschmack auf der Zunge. Wie hätte ich auch aufhören können? Ich tauchte auf und genoss die Stille. Kein Stimmenmeer, das meine Gedanken auffraß. Nicht ständig unter Beobachtung zu stehen. Nicht diese widerlichen Gerüche in der Nase zu ertragen. Bloß das Meer und ich. Im Meerwasser juckte meine Haut kaum. Ich wusste, sobald ich auf dem Felsen bin, wird meine Haut jucken und brennen. Es war, als sagte sie mir: *»Du bist für dieses Scheiß-Leben nicht gemacht!«* Innerlich wusste ich es schon damals. Meine Haut hatte recht.

Ich tauchte unter und sah jemanden an meiner Futterstelle. Wenn es ein Bulle war, würde ich kämpfen müssen. Ich konnte nicht zulassen, dass ein Bulle, der nicht zu unserer Gang gehörte, in unserem Barrio fischte. Also eilte ich hin. Bereit zu kämpfen. Als ich näher kam, strahlte mich schon Nataschas Grinsen an. Ich war verblüfft. SIE! In meinem Gebiet! *Das ist ein Traum*, sagte ich mir überrascht.

Natascha war die begehrteste Kuh in unserer Gegend. Warum sollte sie sich für mich entscheiden? Ich war noch nicht einmal ein Alpha. Mein Herz begann zu pochen. Das kannte ich von mir nicht. Bisher hatte ich nie etwas Derartiges gespürt. Wenn mir jemand davon berichtet hatte, hielt ich ihn einfach für einen Schlappschwanz.

Ich versuchte, cool zu bleiben. Ich suchte einfach weiter nach meinen Muscheln. Wieder hatte ich Top-Exemplare gefunden. Ich schaute rüber zu ihr. Zeigte ihr die Stelle. Sie blickte mir in die Augen. Verstand, was ich wollte. Kam rüber. Schnappte sich eine. Auch ich schnappte mir eine und gemeinsam stiegen wir empor. Ich knackte die Muschel und schaute in Nataschas große

Augen. Auch sie brach die Schale auf. Wie von Geisterhand waren wir Gesicht an Gesicht. Wir waren uns so nah, dass ich ihren Atem spüren konnte. In dem Moment wusste ich, ich bin verliebt. Ich würde Natascha für immer lieben. Wir küssten uns. Mein ganzer Körper war elektrisiert. Mein Herz schlug schneller. In meinem Bauch war ein Gefühl, das ich noch nie zuvor gespürt hatte. Warum konnte ich nicht einfach die Zeit anhalten! Für immer in diesem Augenblick leben. Wobei, vielleicht verweilt einer meiner anderen Bewusstseinssplitter in diesem Moment.

Als ich zu meinen Jungs schwamm, schliefen sie schon. Ich konnte nicht schlafen. Immerzu musste ich an Natascha denken. An diesen Kuss. Daran, ihr so tief in die Augen zu schauen, dass ich ihre Seele erblicken konnte. Es war, als wären unsere Seelen mit dem Kuss verknüpft worden. Als die Sonne aufging, war ich immer noch wach. Noch streichelte mich eine kühle Brise. Sie linderte den Juckreiz. Doch umso länger die Sonne schien, desto wärmer wurde die Luft und desto stärker wurde der Juckreiz.

»Mann, du wirst noch so ein richtiger Fettsack, Bruder«, sagte Nico beim Aufwachen.

»Wenn du meinst«, grinste ich in mich hinein. Ich entschied mich, den Jungs nicht von Natascha und mir zu erzählen. Sie hätten mir eh nicht geglaubt. Außerdem wollte ich ihre Gesichter sehen, wenn Natascha auf mich zukommt und wir uns küssen. Ein Grinsen machte sich über meinem Gesicht breit. Und es kam, um zu bleiben.

»Was grinst du so blöd?«, fragte mich Nico. Scheinbar juckte ihn seine Haut mehr als mein Grinsen. Denn er ließ von mir ab, um seine Haut mit den Hauern zu malträtieren.

Und da sah ich SIE. Wie sie sich elegant durch die Massen schlängelte. Es umgab sie eine Aura, die so anziehend wirkte, dass sich alle nach ihr umdrehten. Und obwohl ich kein Alpha war, hatte sie mich geküsst und steuerte geradewegs auf mich zu. Mein Herz sprang in die Höhe. Mein Bauch sendete ein Gefühl der Glückseligkeit aus. Jede Faser meines Körpers war von ihrem Anblick entzückt. Vor meinem geistigen Auge spielte sich die Szenerie schon ab. Wie wir uns vor allen küssten. Wie alle gaffen würden. Wie Natascha und ich zusammen schwimmen würden. Wie wir den Rest des Lebens zusammenleben würden. Ich sah, wie sie gerade auf mich zu schwebte. Ich schloss meine Augen. Formte meine Lippen.

Und es geschah nichts.

Ich öffnete meine Augen. Ich sah, wie sie geradewegs zu Nico lief. Sie hatte mich nicht mal mit einem Blick bedacht. Kein Augenzwinkern. Keine Begrüßung. Sie stand vor Nico und himmelte ihn an. Ich hätte kotzen können. Wie sie ihren Kopf neigte, wenn er sprach. Wie ihre Augen leuchteten. Dabei hatte sie mich doch geküsst. Ich verstand nicht, warum sie es tat. Warum sie mich ignorierte. *Stell die Schlampe zur Rede*, blitzte ein Gedanke auf. *Hau Nico deine Zähne in seinen Körper*, gesellte sich ein zweiter Gedanke dazu. Doch ich tat nichts von dem. Meine Angst vor einer Schmach war zu groß. Was, wenn sie so tat, als ob sie mich nicht geküsst hätte? Was, wenn Nico mich besiegen würde? Ich hatte den Platz am Strand räumen müssen. Wahrscheinlich hätte ich nur irgendwo in der Mitte einen Platz bekommen. Müsste mich über Tausende Walrosse hieven, um ins Meer zu gelangen. Was, wenn wie damals eine Massenpanik ausbricht?

Dann musste ich unweigerlich an meine Mutter denken. Wie sie unter der panischen Masse begraben wurde. Wie meine Tante und Roswita mir die Schuld gaben. Das Schlimmste war, wie ich mir die Schuld gab. Und wieder kam ich mir so wertlos vor. Natascha hat mich einfach links liegengelassen. Für Nico. Dem Alpha. Ich war es einfach nicht Wert geliebt zu werden. Ich ertrug den Anblick der beiden nicht und schwamm zu meiner Futterstelle. Die anderen kamen auch. Diese Dumpfbacke Marco. Der zu doof war, seinen Namen zu buchstabieren. Nico. Dieser arrogante Schnösel. Er hatte nicht das durchmachen müssen, was ich durchgemacht habe. Und Natascha. Diese blöde Votze, die mit meinen Gefühlen spielte. Ich hasste sie alle.

»Was los, Brudi?«, fragte mich Nico. Er konnte es nicht wissen und doch hasste ich ihn.

»Nix«, entgegnete ich ihm knapp. Ich wollte nicht zum Gespött werden, wie Tony. Weil ich dachte, dass ich bei Natascha hätte landen können.

Ich bin ehrlich. Ich verbitterte über die Zeit. Ich sah Nico den Großen und Natascha die Nutte fast jeden Tag. Warum ich blieb? Gute Frage! Ich hatte einfach keinen anderen Ort, zu dem ich hätte gehen können. Außerdem hatte ich einen Strandplatz. Eine bessere Lage als diese gab es nicht. Gut, der Strand auf der anderen Seite war begehrter, da er näher an der Futterstelle lag. Dennoch. Strandlage. Megageil. Wenn die Haut juckte, konnte ich mich einfach ins Meer rollen. Wenn ich schwimmen wollte, brauchte ich mich nicht durch die Massen von stinkenden Bullen quetschen. Ich schiss auf meine eigenen Gefühle. Nur, um am Strand bleiben zu können. Der Strand war mir wichtiger. Ich wollte einfach nicht, wie die ganzen Opfer, in der Mitte des Felsen leben.

»Das ist jetzt unser Gebiet. Verpisst euch ihr Hurensöhne«, tönte ein großer Walross-Bulle. Er hatte drei Kumpanen mit dabei. Ich lag halb im Wasser. Sie entdeckten mich nicht. Nico und Marco standen ihnen gegenüber. Das Großmaul war der größte der vier. Die anderen waren kleiner. Eher meine Größe. Doch waren sie mehr. Nico beachtete den Schwätzer nicht einmal. Unser Alpha flirtete einfach weiter mit Natascha. Ich kannte Nico. Er war hellwach. Er tat nur so, als ob es ihm nicht interessiere. Ich sah, wie sich einer der Angreifer Nico über den Strandweg nährte. Der Trottel hatte Nico fest im Blick. Sie wollten ihn also von zwei Seiten angreifen.

Als der Hurensohn auf meiner Höhe war, schoss ich empor. Meine Stoßzähne bohrte ich ihm in seinen Nacken. Sie durchbrachen seine Fettschicht locker. Mit einer solchen Wucht traf ich ihn. Er schrie entsetzt auf. Die Attacke hatte er nicht erwartet. Sein Schrei war nur noch gedämpft wahrzunehmen, als ich ihn weiter zu Boden drückte und er mit der Fresse im Sand landete. Dann zog ich meine Zähne mit einem Ruck raus. Das Blut schoss in die Luft, wie das Wasser bei einem auftauchenden Wal. Das Blut spritze mir ins Gesicht. Ich brüllte und erkannte die Furcht in den Augen der Angreifer. Wobei Angreifer nun die falsche Bezeichnung war. Jetzt waren sie Opfer. Ihre Augen zitterten vor Angst und sie erkannten, wer das Sagen hatte.

Ich stürmte auf sie zu. Währenddessen rammte Marco einem Pisser seinen Zahn ins Auge. Es war, als hätte ich das Platzen des Augapfels gehört. Dann riss Marco sein Opfer mit einer Drehung zur Seite weg. Dabei zerfetzte er einen Teil von dessen Schädel. Das Großmaul drehte sich um. Er wollte fliehen. Genauso wie der übrig gebliebene Kumpane. Doch Nico konnte ihn nicht ungestraft ziehen lassen. Also stieß er seine Zähne dem Großmaul in den Rücken. Dieser kreischte auf, wie eine vergewaltigte Schlampe. Obwohl Nicos Zähne in seinem Rücken steckten, lief er weiter. Deswegen zogen Nicos Zähne eine blutige Spur der Zerstörung über den Rücken. Doch konnte er fliehen. So wie dieser Gruppe um das Großmaul ging es später vielen anderen, die versuchten, uns den Platz streitig zu machen. Der Felsen war für uns ein einziger Kampf. Um Platz. Und um Frauen. Denn Frauen liebten unseren Platz.

Nach dem gewonnenen Kampf kehrte Nico in die Arme von Natascha zurück. Ich hätte kotzen können. Wie sie zusammen schmusten. Auch Marco, diese dumme und hässliche Missgeburt, hatte eine Perle. Sie war zwar ansehnlich, doch genauso dumm wie er. Nach einem solchen Angriff wünschte ich mir, dass Nico und Natascha getötet würden. Ich stellte mir dann immer vor, wie die Angreifer ihn verwundeten. So, dass er sich nicht mehr bewegen kann. Dann kommt ein Eisbär, reißt seinen Körper auf und verspeist meinen Alpha bei lebendigem Leib. Natascha würde schreien. Kreischen. Sie wäre außer sich. Sie würde in meinen Armen nach Trost suchen. Und nachdem ich sie gebumst hätte, würde ich die Schlampe verlassen. Aber all das war nicht passiert. Wir hatten gewonnen. Und die beiden konnten sich als Helden feiern lassen.

»Hey Süßer«, säuselte Ivanka mir zu.

»Geh weiter, Nutte!«, pflaumte ich ihr zurück. Ich hatte kein Bock, sie wieder zu bumsen.

»Warum redest du überhaupt mit ihm? Er ist total das Arsch!«, rief ihre Freundin provokant in meine Richtung.

Doch sie waren mir egal. Ich tauchte einfach ins Wasser und suchte meine Muscheln. Es war wie immer. Unter Wasser fand ich meinen Frieden. Natascha und Nico waren weit weg. Auch der Kampf um den Platz war nicht mehr da. Diese Enge. Dieser Gestank. Dieser Juckreiz auf der Haut. Diese brennenden Augen. Unter dem Wasser war dies nur wie ein schlimmer Traum. Hier war die Welt noch in Ordnung. Jeder hatte seinen Platz. Jeder seinen Freiraum. Niemand musste streiten oder kämpfen. Ich glaubte, dass es mal eine Zeit gab, in der das auch über Wasser galt. Ich versuchte immer, so lange wie möglich unter Wasser zu bleiben. Ich sah den Fischen zu und wünschte mir Kiemen. Ich strengte mich an. Konzentrierte mich auf meinen Hals. Ich stellte mir vor, dass mir dann diese verfluchten Kiemen wuchsen. Doch sie wuchsen nicht. Also musste ich irgendwann aufsteigen, um zu atmen. Auch musste ich irgendwann zurück. Zurück zum Felsen. Diesem verfluchten Ort.

»Was bist du immer so lange weg? Man könnte meinen, du meidest uns«, gab Natascha zu Protokoll. Ich antwortete nicht. Kein Ton verließ meine Lippen.

»Was ist los, Brudi?«, fragte mich Nico. Ihn konnte ich nicht einfach ignorieren.

»Was soll sein?«, schindete ich Zeit. Und überlegte, was ich sagen soll.

»Du weißt, was ich meine! Warum behandelst du Natascha so?«

»Ich behandle sie, wie ich alle Flittchen behandle!«

»Nur, dass sie kein Flittchen ist! Verstanden!«, raunte er mir in einem Ton zu, mit dem er noch nie zu mir gesprochen hatte.

Ich wusste, dass ich lieber nichts mehr sagen hätte sollen. Doch hasste ich diese Nutte. Auch hasste ich, dass Nico glücklich mit ihr war. »Sie hat dich ziemlich an den Eiern, dass sie dich zu mir schickt«, setzte ich einen drauf. Ich wollte ihm wehtun. Ich wollte ihre Beziehung sabotieren. Ich wollte, dass er ihr mehr Kontra gab. Und zu meiner Überraschung war er baff. Er schaute mich an und wusste nicht, was er sagen sollte. Seinem Gesichtsausdruck nach zu urteilen, musste ich einen Punkt getroffen haben. Ich war zufrieden. Legte mich hin. Und schlief glücklich ein, mit der Vorstellung, dass sie sich trennen würden.

»Was guckst du so behindert?«, fragte mich so ein Hurensohn. Er gehörte zu einer gefürchteten Gang. Den Predators.

»Verpiss dich! Sonst kriegst du Probleme«, zischte ich ihm unmissverständlich zu. Er war ein Stück größer als ich. Meine Jungs waren nicht da. Er schien sich sicher zu sein, dass ich nicht angreifen würde. Dass mir mein Leben scheißegal war, wusste er nicht.

Doof lächelnd sagte er ungläubig: »Du schiebst dir voll die Filme!«

Darauf hatte ich nur gewartet. Sofort attackierte ich ihn mit meinen Zähnen. Zielsicher drangen sie in sein Fleisch im Hals ein. Er jaulte jämmerlich auf. Es klang fast so, als hätte ich eine Muschi gefickt. Er machte einen Satz nach hinten. Dabei rissen meine Zähne die Wunden noch stärker auf. Das Blut spritzte so umher. Sein Gesichtsausdruck änderte sich plötzlich. Er zog eine Grimasse des Hasses. Er hatte mich unterschätzt. Doch würde er es nicht wieder tun. Ich setzte nach. Ich wollte ihm keine Zeit geben, sich zu erholen. Wieder zielte ich auf seinen Hals. Doch drehte sich der Wichser weg. Ich stolperte nach vorne. Ich spürte nur einen unglaublichen Schmerz. Mein Körper schrie. Der Laut wurde durch eine Blutfontäne erdrückt. Die Wucht seines Stoßes stieß meinen Körper nach unten und meine Fresse landete hart auf dem Felsen. Ich hörte es hässlich knacken. Und so gab es einen weiteren Grund, diesen Felsen zu hassen. Es war, als verfolgte er mich, um mich zu demütigen, wo er nur kann. Ich spürte, wie dieser Hurensohn seine Zähne aus mir rauszog. Mein Nacken spürte eine Druckwelle. Mein Oberkörper reagierte schneller als ich und rollte sich zur Seite weg. Diesmal küsste er den Felsen. Und wieder hörte ich sein pussyhaftes Aufheulen. *Ich hatte dich Hurensohn gewarnt!*, durchflog ein Satz meinen Kopf, bevor ich ihm meinen noch übrig gebliebenen Zahn in den Kopf bohrte. Sein jämmerliches Wimmern versiegte. Die Schlacht war gewonnen.

»Was hast du gemacht?«, entfuhr es Nico.

Ich schaute meinen Alpha emotionslos an. Ich sagte nichts.

»Weißt du nicht, dass er zu den Predators gehört?«, und nickte zu ihm rüber.

»Ich versteh die Frage nicht!«

Seine Stimme überschlug sich, als er schrie: »Wir hatten einen Waffenstillstand. Das aber bedeutet jetzt Krieg. Und die sind mehr als wir!« Ich wusste dies natürlich. Doch wollte ich diesen Krieg. Ich wollte, dass es endet. Und ich wollte, dass es so endet. Lieber im Kampf sterben, als jämmerlich auf dem Felsen dahin zu vegetieren.

»Hast du etwa Angst?«, fragte Natascha überrascht.

Ich grinste in mich hinein. Lieber stürmte er in den Untergang, als Natascha zu enttäuschen.

»Nein! Natürlich nicht! Wir machen die Nuttensöhne platt!«, tönte er mit geschwellter Brust.

Sie strahlte übers ganze Gesicht. Sie küssten sich. Innerlich hätte ich kotzen können, wegen dieses ekelerregenden Anblicks. Glücklicherweise musste ich es nicht mehr lange ertragen. Ich grinste. Denn ich kriegte, was ich mir wünschte.

»Wo warst du, verflucht?«, fragte mich Nico nervös. Der Kampf mit dem Predator war vor zwei Tagen und Nico seit dem ziemlich angespannt. Doch mir ging es so gut wie nie zuvor. Ich fühlte mich tatsächlich lebendig. Aber Nico ging der Arsch auf Grundeis. Hatte er schließlich etwas zu verlieren. Im Gegensatz zu mir.

»Ich hab ihn Nadja noch schnell reingedrückt! Du weißt doch, wie die Schlampen gierig sein können«, sagte ich, während ich Natascha angrinste. Er hatte so viel Schiss, dass er nicht einmal das bemerkte.

»Müssten die Hunde nicht bald kommen? Oder kommen die gar nicht mehr?«, fragte Marco furchtlos. Ich glaubte, er war zu doof, um Angst zu haben.

»Sie kommen nicht mehr! Bestimmt haben sie Angst!«, sagte Nico scheinbar selbstbewusst, doch war mir klar, dass er sich selbst mehr Mut machte als alles andere.

Natürlich kamen die Predators. Mit tosendem Gebrüll. Die Schlampen verkrochen sich als erstes. Sie hielten einen Abstand zu uns, um bloß nicht in Mitleidenschaft zu geraten. Doch flohen sie nicht. Auch sie wollten das Spektakel nicht verpassen. Zielsicher schossen drei von den Predators auf Marco zu. Den Größten und Stärksten von uns. Dem ersten verpasste Marco eine Kopfnuss, die den Angreifer nicht nur zu einer blutigen Nase verhalf, sondern ihn auch noch nach hinten schleuderte. Den zweiten Angreifer hatte Marco nicht mehr abwehren können. Dieser rammte seine Stoßzähne in Marcos Nacken. Auch der dritte Angreifer stieß seine Zähne tief in Marcos Nacken. Nur von der anderen Seite. Ich hatte noch nie gehört, dass Marco schrie. Aber jetzt schrie er wie am Spieß. Es war so surreal. Die beiden Angreifer wuchteten ihre Zähne aus Marcos Fleisch wieder raus, nur um sie mit voller Kraft erneut in Marcos massigen Körper zu rammen. Wieder und wieder. Das Blut spritze bei jedem Schlag aus seinem Körper. Nachdem sie ihre Zähne rausgezogen hatten, waberte aus den Wunden weiteres Blut an die Oberfläche. Innerhalb weniger Sekunden lag Marco auf dem felsigen Boden. Nur jämmerliche Laute bezeugten, dass noch ein kläglicher Rest von Leben in ihm steckte.

Nico stand perplex daneben. Er griff nicht ein. Es schien, als würde seine Angst ihn zurückhalten. Doch floh er auch nicht. Zwei weitere Predators umstellten ihn. Es war klar, dass er nicht gewinnen konnte. Sie brüllten und schrien und mein Alpha machte sich klein. Er zeigte sich unterwürfig. Es war das erste Mal, dass ich ihn gebückt sah. Nicht der stolze Führer. Trotzdem stachen sie auf ihn ein. Sie wollten ihn nicht töten. Denn sie zielten auf seinen Körper und nicht auf seinen Hals. Er schrie jämmerlich auf. Flehte. Bettelte. »Ihr könnt alles haben! Bitte! Hört a...« Er konnte nicht mehr weiter betteln, denn Blut quoll aus seinem Mund und erstickte jeden Ton.

»Tötet sie nicht«, überdeckte eine Stimme das Gebrüll und Geschrei. Es war der Alpha der Predators. Ein Monstrum von Walross. Er hatte die Größe von Marco. Sein ganzer Körper war übersät mit Narben, die er im Kampf erworben haben muss.

»Holt mir ihre Votzen!«, befahl er. Und so taten sie es. Er schaute mich an. Ich wand mein Gesicht nicht ab. Im Gegenteil, ich starrte ihm in die Augen und konnte keine Seele entdecken. Es war nur ein tiefes schwarzes Nichts zu erblicken. Darüber war ich nicht verwundert. Denn ich fühlte genauso. »Willst du nicht fliehen, Kleiner?« Doch ich wollte nicht fliehen. Ich wollte sterben. Im Kampf.

»Warum sollte ich? Habe ich doch deine Pussy gefickt!«, tönte es aus meinem Mund. Ich erwartete, dass sie auf mich stürzten. Mich fertigmachten, wie sie Nico und Marco fertiggemacht hatten. Aber der Predator grinste nur.

Predators brachten die Freundinnen meiner Kumpanen. Besonders Natascha heulte und schrie. Sie biss ihren Bewacher. Sie wusste, was geschehen würde. Wir wussten alle, was mit ihr geschehen würde. Ich hoffte nur, ich würde so lange überleben, um es auch noch mitanzusehen. Dann hörte ich diese überhebliche Stimme. Eine Stimme, die ich fast noch mehr hasste, als den Anblick von Nico und Natascha. In mir regte sich doch noch eine Emotion.

»Lasst mich die Hure ficken! Ich habe noch eine Rechnung zu begleichen«, tönte dieser Wannabe. Tony zwinkerte mir zu, ehe er mir sagte: »Dich ficke ich auch noch!« Doch war er kein Wannabe mehr. Jetzt gehörte er zu den Predators.

Mein Blut gefror. Ich malte mir aus, was er mit mir machen würde. *Wird er mir die Kehle aufreißen?* Ich wollte nicht von so einer Schwuchtel umgebracht werden. *Wird er mich vorher foltern?* Diese Vorstellung war noch schlimmer. Doch was er tun würde, würde schlimmer als alles werden, was ich mir vorstellen konnte.

Nico ballte seine letzte Kraftreserve. Schaute zu Tony und rief: »Lass sie in Ruhe, du Sohn einer Hure!« Natascha quittierte diesen jämmerlichen Versuch, sie zu retten, mit einem enttäuschenden Schluchzen.

Der Alpha der Predators lachte dreckig. »Das macht mich richtig geil!«, sagte er und stolzierte hinter Nico. Nico schrie noch einmal auf und dabei spritzte Blut aus seinem Mund. Der Alpha fickte Nico und demonstrierte so, wer hier ab diesem Tage das Sagen haben wird. Auch die anderen Predators lachten dreckig. Unter all dem Gelächter war Nataschas Wimmern kaum zu vernehmen. In meinen Ohren jedoch war es ein ohrenbetäubendes Heulen. Ich wusste nicht, dass ich noch so etwas hatte wie ein Herz. Aber jede ihrer Tränen versetzte meinem totgeglaubten Herz einen Stich. Ich bereute, den Predator umgebracht zu haben. Ich bereute, am Strandabschnitt geblieben zu sein. Ich bereute, nicht um Natascha gekämpft zu haben. In diesem Moment merkte ich, was für ein Feigling ich all die Jahre war. Nur meinetwegen mussten meine Freunde leiden. Wie auch meine Mutter nur meinetwegen leiden musste.

Der Alpha stöhnte befriedigt auf. Nico winselte, bis er seinen letzten Atemzug nahm.

»Dann darfst du als neuer Alpha dieses Abschnittes seine Nutte ficken!« Ich konnte meinen Ohren kaum glauben. Er krönte tatsächlich Tony zum neuen Alpha meines Strandes. Sofort schlug Tony Natascha ins Gesicht. Sie kippte zur Seite weg. Dann stieg er über sie und stieß mit voller Wucht in sie hinein. Sie schrie. Sie strampelte. Sie wollte sich wehren. Tony war zu groß und zu stark, als dass sie ihn abwehren hätte können. Und umso mehr sie sich wehrte, desto heftiger stieß er in sie rein. Er stieß so lange, bis ihr Wimmern schließlich einem apathischen Schweigen wich.

Habe ich schon erwähnt, dass ich mich hasste? Ich war schuld, dass meine Freunde umgebracht wurden. Ich war schuld, dass Natascha nun jeden Tag von Tony missbraucht wurde. Inzwischen heulte sie nicht einmal mehr. Ich hatte sie die ganze Zeit über geliebt. Konnte es aber nicht ertragen, dass sie mit Nico glücklich war. Also wollte ich uns alle ins Unglück stürzen und hab' es auch geschafft.

»Was los mit dir, du Köter?«, schrie mich Tony an, mein neuer Alpha. Ich hasste ihn. Wie gern hätte ich ihm die Kehle aufgerissen. Es schien, als hätte er es meinen Augen ablesen können. So schnell, wie er mir seine Zähne in den Nacken rammte, konnte ich nicht einmal gucken. »Denk nicht einmal dran, du Votze! Jetzt hol' uns Muscheln!«, schrie er, um lachend anzufügen: »Du Muschi!« Als ob es ein innovatives Wortspiel wäre. Seine zwei Läufer lachten mit.

Ich ging ins Meer. Ich tauchte. Und wieder war nur das Meer für mich da. Wie immer, wenn mein Leben mich in den Arsch fickte. Ich suchte Muscheln. Ich sammelte sie. Früher hatte ich alle Muscheln, die ich gefunden hatte, auch essen können. Seitdem Tony der Alpha war, musste ich schleunigst zurück. Wenn mich ein anderer Predator beim Essen sah, wurde ich übelst zugerichtet. Sie hatten sich alle östlichen Strandabschnitte gesichert. Aber nur hier waren sie die Großmacht. Ich erfuhr, dass sie auf der anderen Seite nichts zu melden hatten. Und die Mitte war unter ihrer Würde. Das hieß, dass ich hätte fliehen können.

Als ich zurückkam, wurde Natascha wieder von Tony genommen. Ihre toten Augen blickten mich an. Ich sah in ihre blutleere Seele. Es war, als erkannte sie meinen Plan. Es war, als flehte sie mich an. *»Geh nicht ohne mich! Lass mich nicht allein!«*

Ich kriegte einen heftigen Stoß gegen meinen Kopf. »Gib die Muscheln her, Hurensohn!« Es war jeden Tag dasselbe. Auch nachdem ich die Muscheln abgeliefert hatte, durfte ich nicht zurück ins Meer. Ich musste auf dem Felsen bleiben. Meine Haut juckte wie immer. Meine Augen tränten. Und die Wunden brannten. Die Sonne war so heiß, es war, als würde man mich beim lebendigen Leibe verbrennen. Ich wollte nur weg. Weg von Tony. Weg vom Felsen. Weg von der erbarmungslosen Sonne. Weg aus meinem Leben.

Die Sonne stieß wie jeden Abend in den Felsen. Sein Blut färbte den Himmel rot. Tony und seine Hurensöhne schliefen. Das Nichtstun ermüdete sie. Es war meine Chance. Ich wollte nur weg. Mein Herz pochte. Ich hatte Angst. *Was ist, wenn sie mich erwischen? Was tun die mir dann an?*, schlug ein Gedanke in meinem Kopf Alarm. Doch mein Körper hörte nicht. Ich drehte meinem einst geliebten Strand den Rücken zu. *WAS IST, WENN SIE KOMMEN*, schrie mich mein Gedanke warnend an. Ich hatte eine solche Furcht, dass ich nicht mal zurückschaute. Ich wollte nur weg. So schnell wie möglich. Dann wurde ich von hinten festgehalten. Mein Herz explodierte vor Schreck. Mein Magen drehte sich einmal um. Ich spürte die Angst in meinem ganzen Körper. In meinem Gesicht und bis in die Nase. Alles zog sich zusammen.

»Nimm mich mit! Bitte!«, hörte ich eine liebreizende Stimme. Ich kannte die Stimme natürlich. Es war Natascha. Die ganze Spannung in meinem Körper fiel ab. Ich war erleichtert. Ich schaute über die Schulter. Sah, dass uns sonst niemand gefolgt war. Dann nickte ich ihr zu. Und wir tauchten in der Masse unter.

Die Hölle hatte mich wieder. Hier mitten unter den Walrossen schien es noch heißer zu sein, als es eh schon war. Meine Haut riss auf. Am liebsten hätte ich mich gekratzt. Doch war es so voll, dass ich nicht mal meinen Kopf drehen konnte, um meine juckende Haut am Rücken zu befriedigen. Es stank gewaltig. Es versetzte mir einen Flashback an meine Kindheit. Die Erinnerungen vermischten sich mit der Gegenwart. Wobei die beißenden Gerüche von Kot und Urin tatsächlich noch dieselben geblieben waren. Natascha kam direkt hinter mir. Wir schlängelten uns durch. Es war eine schier unmögliche Aufgabe, zum Meer auf der anderen Seite zu gelangen.

Über uns thronte die Spitze des Felsens. Er blickte auf uns unwürdige Kreaturen hinab. Wie wir unsere stinkenden Kadaver aneinander quetschten, nur um einen Platz in diesem wertlosen Leben zu erhaschen. Natascha und ich waren nun ganz unten angekommen. Jetzt gehörten wir zum Gesocks. Walrosse, die nicht am Strand leben konnten. Wir kämpften uns durch.

Vom Tage war nicht mehr viel übrig. Doch waren wir endlich am Strand auf der anderen Seite angekommen. »Geh bloß weiter, du Zigeuner!«, warf mir ein Riese an den Kopf. Ich schaute weg und Natascha und ich tauchten schnell ins Meer hinab. Wir suchten nach Nahrung. Glücklicherweise gab es sie hier reichlich. Weswegen hier auch so viele waren. Unter Wasser fragte ich mich, ob es mal anders war. Ob wir mal mehr Platz zum Leben hatten. Meine Mutter erklärte einmal, dass ihre Mutter es ihr so erzählt hatte. Sie meinte, dass es Eis auf dem Meer gab. Es war nicht so heiß wie jetzt. Die Walrosse kamen sich nicht in die Quere. Und schissen sich nicht gegenseitig vors Gesicht. Damals hatten wir noch Anstand.

Aber die Vergangenheit war in diesem Augenblick egal. Natascha und ich waren Ausgestoßene. Meine Nase funktionierte so gut wie eh und je. Auch auf dieser Seite konnte ich ausreichend Muscheln finden. Mit gefüllten Magen kehrten wir zurück. Die Sonne machte sich schon auf dem Weg.

Nun sah ich das erste Mal, dass die Sonne nicht in den Felsen krachte. Sie tauchte ins Meer hinab. Mich packte ein Gefühl der Angst. Was ist, wenn die Sonne, die das Eis schmolz, langsam aber sicher auch das Meer verbrannte? Vielleicht entstand dadurch der orangefarbene Himmel? Es war schon zu spät, um durch die Massen zu gelangen. Zu viele Walrosse, die schliefen. Sie würden niemals Platz machen, um uns durchzulassen. So standen Natascha und ich auf dem Strand. Wir legten uns hin. Ich wollte einfach nur schlafen. Das Leben in der Mitte machte mich müde.

»Hey, was macht ihr hier?«, donnerte uns eine tiefe Stimme entgegen. »Verpisst euch bloß, ihr scheiß Pasalaken?«

»Es tut mir leid! Nur es ist schon zu spät. Morgen sind wir weg. Versprochen«, erklärte ich.

»Sehe ich aus wie ein Flüchtlingsheim?«

»Nein, aber …«

»Nix aber!« Und er schlug mir seine Hauer entgegen. Ich wich zurück. Schnell machte ich mich aus dem Staub. Natascha folgte mir wortlos.

Nach einer Weile des Marsches sagte sie: »Warum hattest du nicht gekämpft?«

»Willst du mich verarschen? Hast du nicht gesehen, wie groß er war?«

»Also Nico hätte gekämpft!«

»Dann geh doch zu Nico!«

»Fick dich! Du bist eh nur ein verbitterter Hurensohn! Deswegen hatte ich mich für Nico entschieden!«

»Warum entscheidest du dich nicht, dich selbst zu ficken! Du kleine Nutte! Ich hätte dich zurücklassen sollen!«

»UND ICH HÄTTE DICH VERRATEN SOLLEN!«

Dann machte sie halt.

»Bist du dumm, wir können hier nicht bleiben«, zischte ich. Ich hatte Angst. Angst, dass mich wieder einer fertigmachen wollte. Ich hatte genug vom Kämpfen.

»Was ist hier denn los?«, brüllte uns jemand an.

»Also, ich suche noch einen Platz zum Schlafen, wenn du mir behilflich wärst, wäre ich es dir auch«, sagte Natascha mit einer Spur zu viel Sex in der Stimme. Und scheinbar packte nicht nur mich die Fremdscham.

»Verpiss dich! Das ist ein nuttenfreier Abschnitt!«

Dann gesellten sich noch mehr dazu. »Was ist hier los?«

»Hier ist 'ne Nutte von drüben. Die kommen jetzt immer öfters!«

»Scheiß Pasalaken! Verpisst euch, wo ihr herkommt!«

Sie schlugen nach uns. Wir tauchten ins Meer ab. Es war der einzige Fluchtweg. Der Mob dicht hinter uns. Natascha schwamm neben mir. Sie blickte mich an. Es stand Angst in ihren Augen und die Frage, was wir tun sollten. Also ich wusste es. Ich verpasste ihr eine Kopfnuss. Sie taumelte zurück. Der Mob machte sich genüsslich über sie her. Ich konnte fliehen. Auch wenn ein Teil von mir Natascha verabscheute, überkam meinen Körper eine Welle der Scham. So hatte ich sie dem Mob zum Fraß vorgeworfen und war auch für ihr Ende verantwortlich.

Die Nacht verbrachte ich im Meer. Ich war glücklich, als die Sonne endlich empor stieg. Ich schwamm zurück. Auf den von mir so verhassten Felsen. Doch hasste ich mich auch selbst. Dafür, dass ich auf den Felsen angewiesen war. Ich trottete mit gesenktem Haupt durch die Reihen der Strandbewohner. Mit geschwellter

Brust standen dort die Männer und überwachten ihr Gebiet. Ihre Frauen rümpften die Nase, als ich mich vorbeischlich.

Die Massen zerquetschen mich beinahe. Die Mitte hatte mich wieder. Und ich war in Gedanken bei Natascha. *Wie konntest du nur?*, schrie ich mich selbst in Gedanken an. Doch hatte sie zuerst versucht, mich in Stich zu lassen, versuchte ich mich, vor mir selbst zu rechtfertigen. Müde von der langen Nacht. Müde von den Strapazen. Müde vom Leben fielen meine Augen zu.

»Wer denkst du, wer du bist?«

»Halt's Maul, Hurensohn!«

Das Gebrüll von zwei Männern weckte mich am nächsten Tag. Dann krachte es zwischen ihnen. Meine Augen blinzelten auf. Und da traf mich schon Blut ins Gesicht. Es war ein hart geführter Kampf. Die Meute um uns herum grölte. Auf engstem Raume stießen sie sich ihre Zähne in den Körper. Der Unterlegene versuchte zu fliehen. Doch hatte er keinen Fluchtweg. Es standen einfach zu viele im Weg. Panisch versuchte er, sich durch sie hindurch zu quetschen. Dabei drehte er dem Angreifer den Rücken zu. Ein großer Fehler. Denn dieser stieß ihm immer wieder in den Nacken. Bis der Kontrahent sich nicht mehr rührte. Das Grölen ebbte ab. Ein Raunen ging durch die Reihen. Wie ich die Mitte hasste. Dabei hasste ich sie alle. Alle, die auf dem Felsen waren. Ich fragte mich, wenn wir mehr Platz hätten, ob wir trotzdem solche Missgeburten wären? Doch hatten wir nicht mehr Platz. Wir hatten nur diesen Felsen.

Ich war zu kraftlos, um mir eine andere Stelle zu suchen. Zu kraftlos, um mich durch die Massen zu quetschen, um zum Meer zu gelangen und mir Nahrung zu besorgen. Mich zu beeilen, weil ich sonst nicht wieder nach Hause hätte können. Nein! Das wollte ich mir nicht wieder antun. So lag ich auf dem schroffen Felsen. Meine Haut juckte und brannte. Meine Augen tränten vor Schmerzen. Der Kadaver stank in der Sonne. Der Gestank spiegelte meine Gefühlswelt wider. Auch ich stank innerlich. Meinetwegen starb meine Mutter. Wäre ich nicht, hätte sie weiterleben können. Meinetwegen starb Nico. Nico, der mir ein Leben am Strand ermöglicht hatte. Nico, den ich beneidete, weil er Natascha bekam. Wegen dieses Neids wollte ich, dass er stirbt. In meinen Gedanken hätten sie mich auch töten sollen. Doch diesen Gefallen taten sie mir nicht. Also musste ich mitansehen, wie meine Freunde ermordet wurden. Wie man Natascha vergewaltigt hatte. Meinetwegen wurde Natascha von dem Mob getötet. Mein Leben war unwürdig. Also blieb ich liegen. Schloss meine Augen. Und schlief.

»Weißt du, es gibt einen Weg auf die Spitze des Felsens«, hörte ich jemanden flüstern.

»Ach meinst du?«, antwortete ein anderer.

»Ja, ich hab' sie gesehen. Wie sie hochgingen! Oben gibt es genügend Platz. Mehr als am Strand!«

»Meinst du, wir sollten es riskieren?«

»Ja, auf jeden Fall!«

Sie machten sich mit einer kleinen Gruppe auf den Weg. Ich kannte den Weg auch. Ich wusste, dass sie sich irrten. Denn es gibt nur einen Weg rauf. Runter kommt man lebend nicht mehr. Und dann schnellten meine Augenlider hoch. Das war die Lösung meiner Probleme. Ich musste hier nicht tagelang dahinvegetieren, bis ich starb. Ich konnte mein Leben endlich schnell beenden.

Das war mein Leben. Ich kletterte den Felsen hoch. Mit den anderen. Nur dachten sie, dass oben das Paradies auf sie wartete. Ich wusste es besser. Und ich freute mich schon auf mein Ende. Als ich oben war, blickte ich noch einmal runter. Ich sah die Masse an Walrossen. Ich war mal ein Teil von dieser Hölle gewesen. Und war froh, als mein Körper endlich runterrauschte. Als mein Kopf an den Felsenvorsprung schlug. Als mein Körper hart auf dem Boden aufschlug.

Krieg der Affen

Der Dschungel, Urwald oder wie er auch genannt wird Regen-wald, wird immer weiter dezimiert. Entweder um Plantagen z. B. für Palmöl hochzuziehen oder auch wie in Afrika Ölbohrtürme aufzustellen. Dazu werden von Konzerne rabiate Mittel einge-setzt, wie eine zumindest indirekte Zusammenarbeit mit Rebel-lengruppe.

Diese Kurzgeschichte soll jedoch nicht nur aufzeigen, was die Veränderung mit der Flora und Fauna bewirkt, sondern auch, was Freiheit und der Freiheitskampf bedeutet? Heiligt der Zweck die Mittel? Und vor allem zeigt die Geschichte auf, dass rück-sichtsloses Verhalten im Nichts endet.

Ich heiße Theodor. Ich bin ein Schimpanse und schreibe die Chroniken vom *Krieg der Affen*. Großgezogen wurde ich in einer Forschungseinrichtung von Menschen. Sie untersuchten die im Dschungel lebenden Affen. Die Menschen in der Einrichtung waren beunruhigt. Der Dschungel wurde kleiner. Andere Menschen fraßen Stück für Stück vom Dschungel. Und die Affen, die im Dschungel lebten, veränderten sich. Die Forscher beobachteten das Geschehen mit großer Sorge. Ich war ein Gelehrter und half ihnen zu verstehen, warum sich die Affen im Dschungel anders benahmen als früher.

Bei den Menschen war ich vor Wind und Wetter geschützt, hatte ausreichend Nahrung und sie brachten mir Lesen und Schreiben bei. Trotz alledem hasste ich es dort. Denn frei war ich nicht. Ich war in einem Käfig eingesperrt. Draußen hörte ich die Rufe des Dschungels. Es war ein Stimmenmeer der verschiedensten Tiere. Am liebsten hörte ich den Schimpansen beim Streiten zu. Es beruhigte mich. Die Luft schien draußen frischer zu sein. Die Forschungseinrichtung war am Rande des Dschungels und ich sah von meinem Fenster die Bäume. Ich liebte es, wie sie im Rhythmus des Windes tanzten. Groll hegte ich nicht für die Menschheit, denn sie behandelten ihres Gleichen weitaus schlimmer als mich.

Ich weiß noch genau, wie ich ihn traf. Damals hatte er noch nicht mal einen Namen. Es war nachts und ich schaute zwischen den Gitterstäben nach draußen. Ich stellte mir vor, wie es wäre, frei zu sein. Mit Artgenossen spielen und raufen. Vielleicht könnte ich

Weibchen kennenlernen. Es machte mich traurig, nicht in meine Heimat zu dürfen.

»Hey, Schwachkopf, willst du zu den Sternen?«, riss er mich aus meiner Gedankenwelt. Seine Augen waren groß und leuchteten. Er zog eine Grimasse und lachte mich aus.

»Was soll ich da? Ich will nur raus hier und rein in den Dschungel! Aber davon hast du keine Ahnung!«, gab ich zurück und drehte mich um. Mir gefiel es nicht, dass er sich über mich lustig machte.

»Hey, Schwachkopf, wenn du da rauswillst, warum verkriechst du dich in die Zelle?«, fragte er lachend. Am liebsten hätte ich ihn erwürgt. Doch ich ignorierte ihn.

»Du bist zu verwöhnt. Ich habe gesehen, was sie dir zu fressen geben. Hier draußen findest du nicht immer solche Köstlichkeiten. Und wenn doch, dann holt es sich der Alpha.« Langsam drehte ich mich wieder zu ihm. Mit strengem Blick durchbohrte er mich. Ich wusste nicht, was ich erwidern sollte. »Und das mit den Weibchen kannst du dir eh abschminken, Schwachkopf!«, sagte er und biss genüsslich in einen glänzenden Apfel. Solche, die ich häufig von den Menschen erhielt.

»Wer hat denn was von Weibchen gesagt?«, protestierte ich.

»Ich kenne den Blick. Wenn du im Rang zu niedrig bist, wirst du nicht ficken. Also bleib lieber in deinem Paradies«, sagte er schmatzend.

»Woher hast du eigentlich den Apfel? Ich dachte, so etwas gibt es im Dschungel nicht?«

Er grinste.

»Du hast ihn geklaut!«, sagte ich aufgebracht. Doch ich war nicht sauer, dass er etwas aus dem Lager gestohlen hatte, sondern mich erregte, dass er irgendwie durch Türen kam. Er wusste genau, welche Gedanken mir durch den Kopf gingen.

Marvin von nebenan brüllte: »Hast Glück, dass ich eingesperrt bin, ich würde dich sonst in der Luft zerreißen!«

Ein schelmisches Grinsen huschte über das Gesicht des unhöflichen Schimpansen. »Lass dich anschauen.« Ein Lachen unterbrach seinen Redefluss. »Wie siehst du denn aus? So orange. Haben die Menschen dich angemalt?«, lachte er lauthals weiter.

Ich belehrte den Flegel: »Er ist ein Orang-Utan!«

»Lass mich raus und kämpf wie ein Affe!«, schrie Marvin.

Wieder lachte der Schimpanse. »Nur mit der Ruhe, vielleicht lasse ich dich raus!«

»Du kannst uns hier rausholen?«, fragte ich. Ich sehnte mich so sehr nach der Freiheit. Nach den Geräuschen im Dschungel.

»Ja, kann ich, doch ich hole nur Affen raus, die mir behilflich sein können! Also dich Schwachkopf schon mal nicht!«

»Was hast du denn vor? Vielleicht kann ich dir doch helfen!«

»Ich werde den Dschungel befreien, von den grässlichen Alphas und den nimmersatten Menschen! Eines Tages fressen sie den Dschungel komplett auf. Doch die Alphas interessiert es nicht.«

»Du brauchst jemanden, der die Geschichte festhält. Für die Zeiten nach dir!«

»Und das kannst du?«

»Ja, klar! Ich kann lesen! Und ich kann schreiben!«, sagte ich mit geschwellter Brust. »Sag mir, wie bist du von deiner Mutter gerufen worden?«

»Ich habe meine Mutter nicht kennengelernt. Wilderer haben sie erschossen. Ich bin ein Weise und habe keinen Namen.«

»Das tut mir leid!« Mich bedrückte es wirklich. Ich durfte meine Mutter noch kennenlernen. »Ich werde dich Che Guevara nennen.«

Che lachte lauthals. »Was ist das denn für ein bescheuerter Name? Niemand heißt so!«

»Er war ein Revoluzzer und kämpfte in fremden Ländern gegen Unterdrückung. Ein Land schaffte er tatsächlich zu befreien. El Commandante, wie er auch genannt wurde, ist bis heute ein weltweit gefeierter Held für viele Menschen«, erklärte ich Che.

Seine Augen leuchteten und er rief: »Der Name gefällt mir! Ab heute heiß ich Che Guevara und auch mich soll man, nach dem ich den Dschungel befreite, el Commandante nennen! Ich komme wieder!«, sagte er und huschte in die Nacht.

Er kam wieder, doch befreite er nicht mich, sondern Marvin. Dieser versprach ihm für immer glorreich an seiner Seite zu kämpfen. Für mich wäre es sicherer, ich würde bei den Menschen bleiben. Ich war traurig, doch versprach er mich herauszuholen, sobald der Dschungel frei wäre.

Als er mich rausholte, waren jedoch die Rufe des Dschungels in weite Ferne gerückt. Auch die Bäume, die um uns herum wuchsen, waren nicht mehr da. Es entstand eine Menschensiedlung. Aber er holte mich raus, um seine Geschichte aufzuschreiben.

Che lief mit Marvin durch den Dschungel. Die riesigen Bäume beeindruckten Marvin. Die Farben waren so intensiv, er konnte sie nicht nur sehen, sondern auch fühlen. Sie drangen durch seinen Körper und gaben ihm eine unbekannte Energie, wie er sie vorher noch nicht gespürt hatte. Es war lauter, als er es aus seinem Gefängnis wahrgenommen hatte. Vögel, die Liebeslieder sangen. Kapuzineräffchen, die durch die Gegend kreischten. Gorillas, die ihr Revier durch bassreiche Rufe und Trommeln absteckten. Schimpansen, die lachten und stritten. Doch es war ihm nicht unangenehm. Im Gegenteil. Er spürte das Leben. Das Leben, wie es sein soll.

»Hier ist die Grenze zu den Skyeaters. Das sind kleine aggressive Mistkerle! Die Grenze solltest du niemals überschreiten ...«

»Was für einen Freak schleppst du an, Versager?«, schrie die beiden ein großes Männchen an und unterbrach Che. Das Männchen sah bedrohlich aus. Marvin konnte sein Verhalten nicht einschätzen und wusste nicht, was zu tun war.

Che erwiderte unterwürfig: »Ich habe ihn befreit. Von den Menschen. Er ist groß und stark. Er kann uns helfen!«

»Der? Uns helfen? Scheiße, du Idiot! Er sorgt gefälligst für sich selbst. Ich werde ihn nicht durchfüttern!«, schrie das Männchen. Dann kam er Marvin näher, als ihm lieb war. Er war so nah, dass sein Atem das Gesicht streifte. »Fass meine Frauen an und du bist ein toter Affe!«, brüllte er. Es war, als würde eine Druckwelle seinen Kopf nach hinten drücken. Der Große sprang um sie herum und schrie. »Ich beobachte dich, Fremder!«

Che ging weiter und Marvin folgte ihm. Die Rufe des großen Schimpansen waren noch zu hören.

»Was hat er für ein Problem?«, fragte Marvin erstaunt. Mit einer solchen Begrüßung hätte er nicht gerechnet.

Ein schelmisches Grinsen machte sich über Ches Gesicht breit und er sagte: »Sein Problem besteht darin, dass er dumm ist! Nicht mehr lange und ich werde der neue Alpha. Und nicht nur der Alpha unseres Rudels. Sondern des Dschungels. Nur so kann der Mensch zurückgedrängt werden und alle können in Freiheit leben, so wie früher!«

Marvin schüttelte ungläubig den Kopf. Er versprach zwar bis zum bitteren Ende an Ches Seite zu kämpfen, doch glaubte er nicht daran, dass der Dschungel von nur einem Affen befreit werden kann.

»Du glaubst mir nicht. Doch das ist nicht schlimm. Denn ich weiß es!«

Der Hunger war für das Rudel zu der Zeit allgegenwärtig. Selbst die obere Schicht bekam nicht immer das, was sie wollte. Der Alpha, Raw, fletschte seine Zähne. Nicht gegen einen aus den unteren Rängen, sondern gegen seine rechte Hand, Flash. Es ging um Feigen. Raw liebte sie und sie wurden knapp. Früher hatte das Rudel um Raw mehrere Feigenbäume. Nun war es nur noch einer. Und dessen Früchte waren heiß begehrt. Auch Marvin und Che hätten gerne von den Feigen genommen. Doch war ihnen dieses Vergnügen verwehrt. Ches Margen knurrte. So wie ihm ging es den anderen auch. Che grinste zu Marvin rüber.

»Süß sind die Feigen, nicht wahr?« Marvin nickte. »Folg' mir!«, flüsterte Che.

Sie liefen durch den Dschungel. An die Grenze ihres Reviers. »Hast du mich nicht gewarnt, die Grenze zu überschreiten?«, fragte Marvin zaghaft.

Der Schelm machte sich in Ches Gesicht breit. »Ohne mich tust du es besser nicht!«

Dann passierten sie tatsächlich die Grenze, obwohl es das Revier der Skyeaters war. Aber die waren fast nur in den Baumkronen zu finden und etwas kleiner als die anderen Schimpansen. Doch waren sie viel mehr und äußerst aggressiv. Früher waren sie friedfertiger. Doch aufgrund des schrumpfenden Dschungels wurden die Reviere enger und die Rudel aggressiver.

»Beeilen wir uns!«, riet Che und sie sprinteten zu einem Feigenbaum im Grenzgebiet. Kletterten in einem Affenzahn rauf. Besonders Marvin war geschickt beim Klettern. Seine langen Gliedmaßen waren wie geschaffen, um Bäume hochzuklettern. Che war beeindruckt. Oben angekommen griffen sie nach den Feigen und stopften so viele in den Mund, dass sie fast wieder herausquollen. Sie kauten schnell, um die Frucht etwas zu zerkleinern, sodass noch mehr hineinpassten.

Ein Rascheln in den Nachbarbäumen zeigte ihnen, dass sie fliehen mussten. Und das schnell. Sie ließen sich fast schon runterfallen. Dann liefen sie um ihr Leben. Es war bekannt, dass die Skyeaters nicht zimperlich mit Dieben umgehen. Also rannten die beiden. Che war am Boden schneller als Marvin. Marvin spürte einen von ihnen im Nacken. Er sah sich schon, wie er alleine gegen eine Übermacht von Skyeaters kämpfen müsste. Er sah vor seinem geistigen Auge, wie sie ihn überwältigten und ihn durch ihr Revier schleifen würden. Wie sie seine Schädeldecke mit einem Stein öffneten. Wie sie sein breiartiges Inneres essen würden. Marvin konnte Che nicht mehr sehen.

Dann hörte er einen schmerzerfüllten Schrei hinter sich. Er drehte seinen Kopf und sah, wie Che einen spitzen Ast in den Hals eines Skyeaters rammte. Er zog den Ast wieder raus, das Blut schoss geysirartig aus der Wunde heraus. Che ließ ab von ihm und schloss wieder zu Marvin auf. Zusammen schafften sie es über die Grenze. Sie rannten weiter bis zum anderen Ende ihres Reviers. Dort verschlangen sie die Feigen und genossen die Süße der Frucht. Che lachte lauthals. »Das war ein Spaß! Morgen wieder?« Und auch Marvin musste lachen.

Sie hörten Geschrei an der Grenze zu den Skyeaters. Und schlenderten zum Geschehen. Raw plusterte sich auf. »Wer die Grenze überschreitet, stirbt!« Er griff sich beidarmig junge Bäume und Gebüsche und schüttelte sie wild. Auch seine ewigen Begleiter und Flash schritten auf und ab. Schrien. Fletschten ihre Zähne.

»Ihr habt einen von uns getötet. Ihr habt Feigen geklaut. Das bedeutet Krieg!«, schrie der Alpha der Skyeater.

Raw schrie zurück: »Nie würde einer meines Gleichen das tun!«

»Ihr habt bis morgen früh Zeit, den Übeltäter zu stellen. Oder wir tun es!« Dann verschwanden die Skyeaters von der Grenze. Che beobachte die Szene genau. Es war, als hätte er sich jedes Detail eingeprägt. Nicht nur, wie beiden Alphas miteinander umgegangen sind. Auch nahm er die Umherstehenden wahr. Wie die Weibchen ehrfurchtsvoll dreinblickten. Wie die Männchen ihren Alpha folgten.

»Wollen wir uns das gefallen lassen?«, rief Che. »Sie suchen doch schon die ganze Zeit nach einem Grund, uns anzugreifen!« Ein zustimmendes Raunen ging durch die Reihen.

»Was ist, wenn sie recht haben?«, überlegte Raw laut.

»Ich sage, wir greifen beim Mondschein an, bevor sie uns angreifen!« Und wieder gab es Geräusche der Zustimmung. Aber Raw wollte nicht. Er kannte den Krieg. Seine Narben bewiesen es. Er wusste, dass es Opfer geben würde. Er fürchtete, dass er unterliegen könnte und sein Revier verlor.

»Was überlegst du? Morgen fordern sie wieder einen anderen von uns. Und übermorgen? Dann hast du niemanden mehr!« Es war, als könne Che die Gedanken von Raw lesen.

»Wenn wir sie angreifen, zerstören sie uns!«, gab Flash zu bedenken. »Sie sind doppelt so viele. Sie kommen nicht ohne Grund. Finden wir den Schuldigen und stellen den Schimpansenmörder!« Auch Flashs Körper überzogen viele Narben.

»Ihr seid kriegsmüde. Das versteht jeder hier. Dabei geht es um die Sicherheit aller! Greifen wir sie an, dann haben wir eine Chance! Ansonsten sind wir verloren!«, gab Che ungewohnt kontra.

»Bist du endlich ruhig!«, schrie Raw, während er auf Che zuraste. Che blieb standhaft, ohne auch nur eine Miene zu verziehen. Raw kam kurz vor seinem Gesicht zum Stehen. Beide standen auf ihren Vieren. Beide starrten sich in die Augen. Die Gruppe war still. Jeder war gespannt, was passieren würde. Raw schlug kräftig zu. Erwischte sofort den Kopf. Che ging schnell zu Boden. Doch Raw ließ nicht von ihm ab. Er trommelte mit seinen Fäusten auf den

Körper seines Kontrahenten ein. Che bewegte sich nicht mehr, als Raw von ihm abließ. Marvin kannte die Regeln. Che hatte ihn herausgefordert und er durfte nicht eingreifen.

»Wenn noch einmal ein Namenloser wagt, zu sprechen, werde ich nicht so gnädig sein!«, brüllte ihr Alpha und lief durch die Reihen, schaute jedem ins Gesicht. Er war ein eindrucksvoller Schimpanse. Groß. Kräftig. Eine Stimme, die einem sagte, wer der Alpha ist. Augen, die einen Schimpansen niederstarren konnten. Als er zum Stehen kam, brüllte er: »Wir werden den Mörder suchen und ausliefern! Alle auf ihre Schlafplätze.« Dann trat er ganz gemächlich vor Marvins Gesicht. Er sprach leise, doch schlug seine Stimme einen bedrohlichen Ton an. »Nimm deine Kreatur mit!«

Che war ohnmächtig. Sein Brustkorb hob und senkte sich nur gemächlich. Marvin versuchte, ihn aufzuwecken. Er hörte sie im Hintergrund. Die Schergen des Alphas. »Rede schon! Hast du was gesehen?«

Flash gesellte sich zu Marvin. Schaute ihm mit finsterer Miene an. Marvins Herz pochte so stark, dass er das Gefühl hatte, Flash würde es hören. Er war zwar kräftiger als Flash, aber hinter Flash stand Raw. Auch wusste er mit dem Rudel nicht umzugehen. Es war ihm fremd.

»Warum?«, fragte Flash streng.

Nun setzte Marvins Herz einen Schlag aus. Sein Atem stockte. Es war, als würde sein Körper zu einem Baum werden, der nicht imstande ist, sich zu bewegen. »Ich habe dich was gefragt!«, setzte Flash gereizt nach.

Marvin schaute zu Che rüber. Und hoffte, er würde erwachen. Che war schlagfertig. Marvins Problemlösungskompetenz bei Schimpansenstreitereien sank dafür gen Null.

»Es sind halt schwierige Zeiten!«, kamen die Wörter aus Marvins Mund, ohne dass er darüber nachdachte.

»Schwierige Zeiten? Für wen? Was hat es damit zu tun, dass er dich befreite? Schließlich muss er dich mit durchfüttern!«, entgegnete Flash.

Marvin atmete hörbar aus. Sein Herz schlug wieder. Es ging ihm darum, warum Marvin befreit wurde. »Er denkt, ich könnte euch bei eurem Problem helfen. Mit den Menschen. Sie dringen immer weiter in euer Revier ein.«

»Ein orangener Freak wie du, soll uns helfen können?«, sagte Flash, schüttelte den Kopf und antwortete sich selbst »Du kannst ein Scheißdreck für uns machen! Und dieser namenslose Haufen muss dich durchfüttern. Was uns auch zu dem, was passierte, bringt.«

Flash schnüffelte an Marvin. »Du riechst nach Menschenpisse, aber nicht nach Feigen. Glück für dich! Hast du was gesehen?«

Marvin schüttelte den Kopf.

»Sobald das mit den Skyeatern geregelt ist, werden wir entscheiden, ob du bleiben kannst, Freak!«, sagte Flash und zog weiter.

Marvin sah ihm hinterher. Flash ging zum Alpha und den anderen Schergen. Marvin wollte wissen, was sie besprachen, um Che Bericht erstatten zu können. Also schlich er sich zum Baum des Alphas. Er hielt Abstand. Würden sie ihn erwischen, wäre es nicht gut für ihn ausgegangen. Deswegen musste er es vermeiden, gesehen zu werden.

»Es kann doch nicht sein, dass es keine Spuren zur Grenze der Skyeaters gibt! Oder dass niemand etwas gesehen hat!«, schnaufte Raw ungehalten.

»Ich kann es mir auch nicht erklären! Der Einfachheit halber würde ich vorschlagen, dass wir den Waisenjungen und seinen Hausaffen ausliefern. Sie lassen uns in Ruhe und wir werden eine Last los!«, gab Flash in die Runde.

»Daran habe ich auch schon gedacht!«, sagte Raw nickend.

»WAS?«, entsetzte sich ein Weibchen.

Raw schaute überrascht über die Schulter. »Ich dachte, du schläfst?« Es war das ranghöchste Weibchen, Shyla. Sie war schwanger von Raw und deswegen schlief sie viel.

»Wir können keinen von uns ausliefern. Ob du willst oder nicht, der Namenlose hatte recht! Wenn wir einen von uns ausliefern, werden sie immer wieder etwas von uns fordern! Bis wir ausbluten!« Shyla hatte nicht eine Spur von Unterwürfigkeit in ihrer Stimme.

»Was sollen wir sonst tun, mein Alpha?«, fragte Flash.

»Wir werden ehrenhaft kämpfen! Wie es sich für Schimpansen gehört!«, antwortete der Alpha.

Wenn Raw hier anders entschieden hätte, wäre der Aufstieg von Che fraglich gewesen.

»Es geht gleich los!«, flüsterte Che Marvin zu. Dann kramte er zwei Holzstämme hervor. Sie waren massiv und doch lagen sie gut in der Hand.

»Was hast du da?«, fragte Raw gereizt, als er die beiden sah.

»Werkzeug zum Kämpfen!«, antwortete Che.

Raw lachte höhnisch »Das ist nur etwas für Schwächlinge!«

Dann war auch schon ein Rascheln im Unterholz zu vernehmen. Ein Geschrei und Gekreische kam aus dem Grenzgebiet. Es müssten um die 100 gewesen sein, die auf das Rudel zu steuerten, mit dem Ziel, sie zu vernichten. Che stürzte sich als erster dem Feind entgegen. Marvin folgte ihm dicht. Eigentlich gehörte der Erstschlag dem Alpha, doch Che stellte sich über das Gesetz. Er schwang sein Holzstück und der erste Skyeater, der ihm entgegentrat, kriegte einen Hieb gegen den Kopf ab. Dabei spritzte Blut aus dem Schädel des Feindes. Ches schelmisches Grinsen legte sich über das gesamte Gesicht.

Che hatte jedoch nicht genug und schmiss sich tiefer ins Getümmel. Zwei stellten sich ihm gegenüber. Er griff sofort an und schlug das Holzstück von oben auf den Kopf. Ein dumpfer Schlag hallte durch den Wald. Der zweite wollte Che von hinten überwältigen und da schlug Marvin ihm seine Waffe in den Rücken. Der Feind wand sich. Che konnte nicht aufhören, den Kopf seines Gegners mit dem Holzstück zu malträtieren. Das Blut des Skyeaters spritzte Che ins Fell. Das Gesicht des Opfers wurde dabei zu einer geleeartigen Masse. Weder Mund und Nase, noch die Augen und Stirn waren noch zu erkennen. Das schelmische Grinsen von Che verkümmerte zu einer verstörenden Grimasse. Che war wie im Wahn. Und schoss sofort zum nächsten Gegner. Marvin blieb dabei dicht hinter ihm und hielt ihm den Rücken frei.

Als Marvin schon längst den Überblick über das Kampfgeschehen verloren hatte, stürmte Che zielsicher auf einen Pulk von kämpfenden Schimpansen zu. Ein Skyeater packte Shyla am Kopf und versuchte, sie zu verschleppen. Auch andere Skyeater hatten Weibchen fest im Griff. Raw und seine Begleiter stellten sich weiteren Gegnern entgegen. Vor allem Raw kämpfte unerbittlich. Er biss einem Feind in den Hals und riss ihm die Kehle auf. Das Blut rann in die Tiefe. Es erinnerte an einen Wasserfall. Der Körper des Feindes fiel nicht zu Boden. Er blieb stehen. Doch zu einer Bewegung war er nicht mehr imstande. Zwei Skyeaters stürzten sich auf Raw. Der erste verbiss sich in seiner rechten Schulter. Der zweite hielt seine linke Seite im Zaum.

Doch Che eilte nicht seinem Alpha zur Hilfe. Er wollte zu den Weibchen. Shyla wehrte sich. Sie schrie. Schlug. Kratzte. Der Entführer war jedoch größer und schlug ihr mit Wucht in den trächtigen Bauch. Ein qualerfülltes Stöhnen entfleuchte Shyla. Der Entführer holte noch einmal aus. Doch Che schlug mit voller Kraft zu. Eine Hälfte des Gesichts wurde sofort zertrümmert. Ein markerschütterndes Knacken ließ die umstehende Meute erschaudern.

Che fletschte die Zähne und nahm sich den nächsten vor. Der jedoch konnte ausweichen und handelte schnell. Er riss Che die Waffe aus der Hand. Che packte das Gesicht des Feindes und drückte seinen Daumen in ein Auge des Skyeaters. Dieser schrie erbärmlich auf. Das dickflüssige Innere des Auges quoll am Daumen vorbei nach außen. Dann biss ihm Che die Kehle auf und spuckte den Fleischfetzen auf den Boden. Mit beiden Händen griff er in die blutüberströmte Wunde. Er trennte gewaltsam den Kopf vom Körper.

Die Skyeaters flohen. Trotz ihrer Überzahl zogen sie sich zurück. Che schrie, um deutlich zu machen, dass sie seinetwegen flohen. Das ganze Rudel konnte den Namenslosen sehen, wie er mit einem Kopf vom Feind in der Hand dastand. Auf zwei Beinen. Das Fell mit dem Blut der Skyeaters verschmiert.

Raw ging durch die Reihen. »Gibt es Verletzte? Tote? Sind alle da?« Er stoppte bei Che und sah, wie Shyla am Boden lag. Bitterlich heulte. Aus ihrem primären Geschlechtsorgan floss Blut. Raw schien mit der Situation überfordert.

Dann schrie Flash: »Meine Schwester! Wo ist meine Schwester? Crissy, wo bist du?« Seine Stimme überschlug sich. Und wurde immer hysterischer, je öfter er nach ihr rief. Doch von Crissy gab es keine Spur. »NEIN!«, schrie er bassreich. Seine Stimme brach. Er riss Büsche aus. Riss Äste von Bäumen ab. Aber dadurch kam Crissy auch nicht wieder. Die Skyeaters hatten seine Schwester verschleppt und Shyla verlor das ungeborene Kind von Raw.

Che trommelte auf den Boden. »Krieg! Krieg! Krieg! Wir müssen sie alle vernichten!«

»Spinnst du?«, brüllte Raw entsetzte.

»Wir töten sie alle!«, schrie Che weiter.

»Sei endlich ruhig!«, schrie auch Flash. »Wir haben zu viele Verletzte!«

»Wer kommt mit mir?«, schrie Che, ohne auf einen der beiden zu hören.

»Bist du bescheuert! Wir könnten ausgelöscht werden! Halt endlich die Fresse!« Flash hatte sichtlich keine Kraft, um weiterzukämpfen. Eine Wunde klaffte an seinem linken Schulterblatt.

Blut floss beständig hinaus. Selbst das Gebrüll raubte ihm so viel Kraft, dass er nun zu Boden sank.

»Eine Fehlentscheidung nach der anderen! Wir hätten nachts angreifen müssen! Crissy wäre noch da und Shyla würde noch dein Kind im Bauch tragen! Alles deine Schuld!«, keifte Che und zeigte auf Raw.

Raw stürzte sich just auf Che. Der hatte sein Blatt sichtlich überreizt. Raw vergrub seine Fäuste in Ches Gesicht. Che ging zu Boden, doch diesmal fiel er nicht in Ohnmacht. Er blutete aus der Nase und seinem Mund. Sein Blut vermischte sich mit dem seiner Feinde. Er schaute grimmig nach oben zu seinem Alpha. »Ich gehe! Schaut, wie ihr ohne mich zurechtkommt!«

Raw schüttelte nur den Kopf. »Wir haben dich noch nie gebraucht!«

- 2 -

Sie marschierten. Und Che wurde vorsichtig. Marvin fragte sich, ob sie sich noch im Revier des ehemaligen Rudels befanden. Sein Herz klopfte. Jedes Geräusch nahm er zehnmal lauter wahr als sonst. Das Knacken von Ästen auf dem Boden. Das Rascheln des Laubs. Das Wegschieben des Gebüschs. Vögel sangen so laut, dass man meinen konnte, dass sie direkt neben einem waren. Es war jedoch kein Vogel zu sehen. Dann war da ein Stampfen. Che blieb stehen. Unter den Füßen war zu spüren, wie der Boden vibrierte. Marvin sah schon im Geiste Raw auf sie zu rasen. Er musste stinksauer sein. Er würde sie sicherlich nicht am Leben lassen wollen. Doch Marvin war bereit zu kämpfen, so wie er es gegen die Skyeaters schon getan hatte.

Es raschelte im Gebüsch. Marvin stellte sich vor Che. Schließlich gab er ihn sein Wort, ihn immer zu beschützen. Ein zähnefletschender Gorilla stürzte aus dem Gebüsch hervor. Er sah noch furchteinflößender aus als ihr Alpha. Dennoch wollte Marvin Che retten. Selbst, wenn er sterben müsste. »Renn Che! Ich halte ihn auf!«

Der Gorilla stoppte sogleich vor Marvin und brach in Gelächter aus. »Wie hat er dich genannt? Che? Noch nie so einen bescheuerten Namen gehört.« Er hielt sich sein Bauch vor Lachen. Er ging zu Boden. Krümmte sich und hörte nicht auf zu lachen. Marvin schaute zu Che und hob seine Schultern fragend.

»Das ist Ramon. Er ist ein Gorilla. Wir sind Kumpel.«

»Ein Gorilla ist dein Kumpel?«

Ramon richtete sich auf. »Und was für ein Gorilla ich bin!«, sagte er mit geschwellter Brust.

Marvin verstand nichts mehr. Che lachte. »Er ist für einen Gorilla ziemlich klein und wird deswegen ausgestoßen. Doch mit mir an seiner Seite wird auch sein Name für immer mit der Befreiung des Dschungels verbunden sein.«

Marvin sah immer noch nicht, wie Che es anstellen wollte, den Dschungel zu befreien. Nun gehört er nicht mal mehr einem Rudel an. Che klopfte Marvin auf die Schulter und sagte zu Ramon: »Das ist Marvin. Die Menschen brachten ihm ihre Magie bei. Drüben bei den Menschen ist ein Schimpanse, der unsere Geschichte aufschreiben wird. Sodass für alle Ewigkeit festgehalten wird, dass Ramon, Marvin und Che die Unterdrückung beendeten.«

Damals war Ches Führungsgeschick und seine Weitsicht noch nicht zu erkennen. Doch hatte er alles geplant. Sich vorbereitet. Er wusste genau, was er tat und was er brauchen würde. Selbst, wenn es hieß, sich mit *Freaks* wie Ramon oder Marvin abzugeben.

Auf der Suche nach etwas Fressbarem steuerten die drei auf die Menschensiedlung zu. Ramon musste im Dschungel bleiben. Tagsüber war die Gefahr, dass er entdeckt würde, einfach zu groß. Che war mutig. Denn Menschen reagierten nicht erfreut, wenn andere Affenarten durch ihr Revier streiften. Und dies war keine Forschungseinrichtung. Sie befanden sich in einem Revier von ausgesprochen aggressiven Menschen. Es waren Menschen, die ihres Gleichen töteten. Reihenweise. Auf jede erdenkliche Art und Weise. Sie hatten Macheten, mit denen sie in die Köpfe anderer Menschen schlugen. Sie spalteten die Köpfe, sodass das Innere heraus wabern konnte. Auch hatten sie Gewehre. Es waren keine Gewehre, um Tiere zu jagen. Sie wurden erschaffen, um Menschen massenhaft niederzustrecken. Che kannte sie. Wusste, wozu sie imstande sind. Er wusste, wie laut sie brüllen können. Wie von Zauberhand floss Blut aus den Körpern der Menschen. Es war dasselbe Blut, wie es in unserem Körper fließt.

Che beobachtete ihren Alpha. Er sah ihm zu, was er machte. Wie er mit seinem Rudel sprach. Wie er Karten von dem Revier seiner Feinde hatte. Er wusste, wo sie sich befanden. Er stellte Figuren auf die Karten, dann schmiss er alle mit ratterndem Geräusch um. Damit verhexte er seine Feinde. Che sah gebannt hin. Er war nicht von dem Alpha wegzureißen. Marvin hatte Angst. Denn in der Forschungseinrichtung hatten sie auch Angst vor ihm. Dort wurde er General Bisimwa genannt.

Auch er nannte sich Freiheitskämpfer. Doch brachte er der Welt keine Freiheit. Nur Tot und Gewalt. Alle hatten sie Angst vor ihm. Dem General. Er kämpfte mit seinem Rudel, indem er sich immer wieder in den Dschungel zurückzog. Und griff wie aus dem Nichts an und was danach zurückblieb, war nur blutgetränkte Erde.

»Besser, wir suchen woanders nach Essen. Wenn General Bisimwa uns entdeckt, macht er uns fertig!«, flüsterte Marvin Che zu.

Che setzte sein schelmisches Grinsen auf. »Wir suchen nichts zum Essen. Wir studieren ihn!« Mit einer abweisenden Handbewegung fügte er hinzu: »Essen können wir noch später besorgen.«

Nachdem Che mit seinem Studium fertig war, marschierten sie in den Dschungel zurück. Marvin kam schnell außer Atem, denn er war es nicht gewohnt, so weite Strecken zurückzulegen. Doch für Che und Ramon war es kein Problem. Es gab eine Station von Menschen, die den Urwald vor anderen Menschen schützten. Sie waren den Affen freundlicher gesinnt. Die drei schlichen durch ihr Revier. Die Menschen bemerkten sie nicht einmal. Also bedienten sie sich an ihrem Futter.

Keiner von ihnen sagte etwas, die einzigen Geräusche waren ihr Schmatzen. Che liebte das Obst. Menschen hatten so viel davon. Auch aßen sie deren Brei. Im Dschungel gab es den nicht. Menschen schufen ihn. Er sah zwar nicht sehr lecker aus, doch machte er satt. »Morgen Abend geht es los! Dann gehen wir nachts zum Rudel vom General«, sagte Che nach dem Essen.

Che fummelte mit einem Draht am Schloss. Ein Klacken. Das Tor war offen. Es war nachts. Am Firmament schienen die Sterne. Für einen Schimpansen gaben sie genug Licht ab, um gut sehen zu können. Doch Che wusste, dass es für die Menschen zu wenig war, um sehen zu können. Che wusste viel über die Menschen. Er studierte nicht nur den General.

Ramon schob das große Tor der Wellblechhalle auf. In der Halle war es nahezu stockfinster, da sie kein Fenster hatte. Durch das offenstehende Tor schien ein Lichtstrahl in den Eingangsbereich. Sie schauten sich um und Marvin entdeckte Taschenlampen. Menschen benutzten sie, um auch in der Dunkelheit sehen zu können. Und so konnten die drei den schwarzen Schleier in die Schranken weisen. Sie fanden Macheten. Che liebte sie sofort. Dann rief er: »Marvin, weißt du, wie sie funktionieren?« Er zeigte auf die Gewehre.

Marvin nickte wortlos und sie packten die Gewehre ein. Sie nahmen auch Stangen mit, die Löcher in Felsen reißen konnten. Langsam schimmerte Marvin, was Che vorhatte. Wie er, trotz seiner schwächlichen Statur, die Macht übernehmen wollte. Der Mond schaute ihnen in seiner gänzlichen Pracht zu, wie sie vollgepackt das Revier der grausamen Menschen verließen.

Marvin drückte den Hebel auf der rechten Seite nach unten. Nahm das Gewehr in Anschlag, wie es die Menschen taten. Zielte auf einen Baum. Und drückte ab. Das Gewehr schrie durch den Dschungel. Jeder sollte wissen, dass es töten wird. Die umliegenden Tiere verstanden die Warnung und machten sich aus dem Staub. Che schaute wie gebannt zu. Dann drückte Marvin den Hebel in die mittlere Position. Zielte auf den Baum, drückte ab und das Gewehr hörte nicht auf zu brüllen. Es war ein ratterndes Kreischen, wie es von keinem anderen Lebewesen zu hören war. Die Rinde des Baumes wurde in Stücke zerfetzt. Wenn ein anderer Schimpanse dort gestanden wäre, hätte er es nicht überlebt. Che dachte genau dasselbe. Während Ramon und Marvin ehrfurchtsvoll auf den Baum blickten, spürte Che diese Ehrfurcht nicht. »Willst du hiermit deinen Alpha töten?«, fragte Marvin.

»Er ist nicht mehr mein Alpha!«, antwortete Che mit seinem schelmischen Grinsen. »Aber nein, wir haben nicht genug Futter für das Gewehr. Wir müssen noch einmal zum Lager und Nachschub besorgen. Erst einmal wird das hier ausreichend sein.« Er grinste und schwang die Machete.

Zusammen mit Ramon gingen die drei zurück in Ches altes Revier. Che stolzierte dabei auf zwei Beinen wie ein Mensch. Den Kopf hielt er nach oben und seine gestohlene Baskenmütze wirkte wie eine Krone.

»Hört mir zu! Von nun an bin ich euer Commandante! Ich werde euch befreien. Von Alphas, deren Wohle über eurem steht. Vor Menschen, die unseren Dschungel auffressen und uns eines Tages auslöschen werden!«, sagte er zu dem Rudel von Raw. Es war Getuschel der anderen zu hören. So recht wusste niemand mit der Situation umzugehen. »Jetzt kommt und schwört mir die Treue im Kampf um Frieden und Freiheit!«

Raw hangelte sich von einem Baum herab, raste los und stoppte vor Che. Auch vier Begleiter folgten dicht hinter ihm. Ramon trommelte sich furchteinflößend auf die Brust. Die vier Begleiter wichen einen Schritt zurück. Doch nicht so der Alpha. Er beachtete den Gorilla nicht. Er starrte Che in die Augen. »Was willst du mit dieser Freakshow erreichen?«, presste er aus seinen Lippen hervor.

Che grinste. Und sagte lachend: »Dank ab oder stirb!«

Die grimmige Grimasse von Raw fiel in sich zusammen und ließ einen verwunderten Gesichtsausdruck zurück. Scheinbar war auch er mit der Situation überfordert. Dann sauste auch schon die Klinge der Machete mit einem Seufzer durch die Luft. Die Klinge stoppte im Schädel und erzeugte ein dumpfes Platschen. Che zog die Machte kraftvoll aus dem Kopf. Raw sank langsam zu Boden. Der verwunderte Gesichtsausdruck war immer noch in seinem Gesicht geblieben. Die Wunde im Kopf war riesig. Es floss Unmengen an Blut heraus. Sogar der glibberige Inhalt des Schädels war zu sehen.

Che richtete sich zu den Begleitern des alten Alphas. »Schwört mir die Treue und steht an meiner Seite, wenn ich den Dschungel befreie oder wollt ihr ihm folgen?« Er zeigte mit der Machete auf den Kadaver von Raw.

Nun war Che Alpha des Rudels südwestlich des Dschungels. Es grenzte im Süden wie im Osten an die Gebiete der Menschen an. Im Westen gab es ein Gebiet der Berggorillas. Und den Norden beherrschten die Skyeaters.

»Die Menschen werden früher oder später auch unser ganzes Revier einnehmen. Noch ist es zu früh, gegen diese felllose Horde zu kämpfen ...«

»Was? Du willst irgendwann gegen die Menschen kämpfen?«, unterbrach Flash den neuen Alpha.

Che verdrehte seine Augen. »Wenn dir die Weitsicht fehlt, halt die Fresse!«

Flash schaute zu Boden. Er akzeptierte Che als neuen Anführer.

- 3 -

»Die Gorillas im Westen sind auch noch eine Nummer zu groß. Sie überzeugen wir am besten, wenn wir Stärke zeigen. Sie sind der Schüssel, um die Menschen zurückzudrängen. Also müssen wir die Skyeaters aus zwei Gründen in die Knie zwingen. Zum einen, weil sie kleine Bastarde sind. Und zum anderen, weil ihr Revier eine strategisch wertvolle Lage besitzt. Sie haben zwei Feigenbäume und, fast noch wichtiger, über ihr Revier kommen wir zu den Dangars«, erklärte Che.

Ein Raunen ging durch die Runde der Eingeweihten, zu denen neben Ches engsten Verbündeten, Ramon und Marvin, die alte Garde um Raw gehörte. Flash, Thompson, Tiny und der alte einäugige Grey.

»Du bist größenwahnsinnig! Das wird unser aller Untergang!«, schimpfte Grey.

»Du hast doch keine Ahnung, zu was er in der Lage ist, alter Mann!«, zischte Marvin ihn an.

»Selbst, wenn er es schafft und von allem der Alpha ist, wird am Ende Alles nichts sein!« Mit den Worten verabschiedete sich Grey aus der Runde.

Grey war vor Raw Alpha gewesen. Nach dem verlorenen Machtkampf blieb er. Er unterrichtete die jungen Kämpfer aus gutem Hause und wurde zu einem wichtigen Berater Raws. Che hielt jedoch nicht viel von Greys Meinung, da er in seinen Augen zu schwache Entscheidungen traf.

Che schüttelte genervt den Kopf. »Der nächste, der mir reinredet, wird den morgigen Sonnenaufgang nicht miterleben! Verstanden?«

Alle nickten.

»Also in einer Woche greifen wir die Skyeaters an! Morgen werden Marvin, Ramon und Flash weitere Waffen von den Menschen stehlen. Ich unterrichte derweil jeden, der alt genug ist, darin, wie mit deren Kampfwerkzeugen umzugehen ist.«

Als sich alle zurückzogen, kam Marvin auf seinen Commandante zu. »Ich weiß nicht, ob der Plan aufgehen wird. Wir werden nach dem Kampf mit den Skyeaters sehr geschwächt sein. Und die Dangars sind eine Übermacht. Um sie zu unterwerfen, bräuchten wir mehr Krieger!«

Che legte sein bekanntes Grinsen auf. »Ich bin dir einen Schritt voraus, mein Freund. Wir gehen heute Nacht zu den Skyeaters. Schleichen uns in ihr Revier und töten deren Alpha. Die anderen zwingen wir so auf unsere Seite! Ich verspreche den Weibchen, ihre Jungen zu behalten. So können wir nächste Woche schon die Dangars angreifen!«

»Der Plan ist ja noch waghalsiger als dein vorheriger!«, entgegnet Marvin entsetzt.

»Deswegen habe ich den Plan auch nur dir eröffnet! Du folgst mir trotzdem. Außerdem traue ich den anderen noch nicht!«

So schlich Marvin mit einem mulmigen Bauchgefühl an der Seite von Che durch die Nacht. Marvin wusste, wie gefährlich Ches Vorhaben war. Er wusste auch, dass Schimpansen so etwas nicht machten. Er kannte nur eine Affenart, die so hinterhältig agierte. Die Felllosen. Da die Skyeaters hoch auf den Bäumen schliefen, war es an Marvin, den Auftrag auszuführen. Er war ein Naturtalent beim Klettern. Keiner im Rudel konnte es so, wie Marvin es tat. Marvin schwang sich beinahe geräuschlos hoch. Che versuchte ihm zu folgen, doch schaffte er es nicht.

Marvins Herz klopfte wie verrückt. Er erkannte sich selbst nicht. Er zögerte. Der Mond schien mit seiner ganzen Pracht auf die Szenerie. Es war, als würde selbst der Mond wissen wollen, ob Marvin den Alpha der Skyeaters töten könnte.

Auch Che schaute gebannt zu ihm. Denn er verstand nicht, warum es so lange dauerte. Doch Marvin wusste, wenn er es täte, wäre er nie mehr derselbe. Das Messer hielt er fest in der Hand. Eine Bewegung und er würde den Alpha der Skyeaters erledigen. Sollte er es wirklich tun? Er schaute von seinem Ziel ab und hin zu Che. Dieser deutete ihn mit den Augen an, es endlich zu erledigen. Es war, als würde Ches Blick Marvin in die Pflicht nehmen. Schließlich hatte er ihn befreit. Und Marvin hatte ihm dafür versprochen, immer an seiner Seite zu stehen.

Der Alpha drehte sich. Gähnte laut und streckte seine Arme aus. Marvin fuhr zusammen und ließ das Messer fallen. Die Augen des schlafenden Schimpansen öffneten sich einen Spalt. Die Pupille lugte hindurch. Che riss seine Augen auf. Der Plan durfte nicht an Marvins Achtlosigkeit scheitern. Doch Marvin fing das Messer geschickt mit seinem Fuß. Der Skyeater riss seine Augen auf und wich mit dem Kopf zurück. Che wusste, wenn der Alpha jetzt Alarm schlagen würde, wäre sein ganzer Plan dahin. Und die Befreiung des Dschungels wäre schon beendet, bevor sie angefangen hätte.

Marvin sprang zum Alpha, mit dem linken Arm hielt der den Oberkörper fest und mit der rechten Hand den Mund des Feindes zu. Seinen linken Fuß krallte er in den Oberkörper und mit dem rechten hielt er das Messer. Akrobatisch schwang er es bis zur Kehle seines Opfers und durchschnitt sie. Der kraftlose Kadaver des Opfers zog die Erde magnetisch nach unten. Der Aufschlag erzeugte einen dumpfen Knall, der die anderen Skyeater aufweckte.

Che schwang sich einen Baum hoch. »Guten Morgen meine Lieben! Grüßt euren Commandante!«, sagte er begleitet von seinem Grinsen in dem Wissen, dass es tief in der Nacht ist.

Nach einem Augenblick der Stille rief ein Skyeater: »Tot dem Mörder!« Sofort stürzte er sich auf Che. Mit seinem höhnischen Gesichtsausdruck schwang er seine Machete und rasierte den Angreifer.

»Ich wollte nur euren Alpha beseitigen. Einen Unterdrücker. Jemand der den Rangniedrigen ihr Essen nicht gönnt! Ich möchte euch befreien! Also hört euch mein Angebot an!«, tönte Che.

Ein uneiniges Gebrabbel brach aus. »Ruhe!«, schrie Marvin. »Hört el Commandante gefälligst zu!«

Che blickte in die missmutigen Gesichter der Skyeaters. »Also, wenn ihr euch mir anschließt, gibt es kein weiteres Blutvergießen. Ihr werdet weiterhin genügend Nahrung haben. Eure Weibchen wird kein Unheil geschehen. Eure Jungen werden nicht getötet. Eure Kämpfer dürfen in meine Garde eintreten! Ihr werdet frei sein! Und mir helfen diese felllosen Monster in die Hölle zu schicken! Entscheidet euch schnell. Ich erwarte euch morgen früh an der Grenze!« Und so schwangen sich die Befreier von den Bäumen und gingen gemächlichen Schrittes zurück in ihr Revier.

Che war der erste am nächsten Morgen, der wach war. Er weckte alle, indem er umherlief und laut kreischte. »Aufwachen! Wir haben viel vor! Es liegt Freiheit in der Luft!« Dann rannte er zum Grenzgebiet der Skyeaters. Er blickte in deren Revier. Doch war nichts zu vernehmen. Flash trat zu ihm. »Was hast du vor, el Commandante?« Und obwohl Flash größer als Che war, strahlte Che eine Aura aus, die Flash winzig wirken ließ.

»Ich glaube, du hast einen Auftrag! Die Waffen der Menschen stehlen sich nicht von selbst. Mach dich auf den Weg!«

»Ja, Commandante, ich habe nur eine Bitte! Wenn wir nächste Woche angreifen, können wir dann alles tun, um Crissy zu befreien?«

»Beeil dich! Und lass alles andere meine Sorge sein!«

Flash wollte noch etwas sagen, doch würgte Che seine Worte ab und er machte sich auf den Weg.

Es war ein zaghaftes Rascheln im Unterholz zu vernehmen. Das Rascheln wurde immer lauter. Doch sprach kein einziger Skyeater ein Wort. Che stand aufrecht und stützte sich auf seine Machete ab. Erst war einer von ihnen zu erblicken. Dann ein zweiter. Und danach das ganze Rudel. »Wie habt ihr euch entschieden? Schließt ihr euch mir an?«

»Ja, el Commandante!« Titus trat einen Schritt aus dem Rudel. Er belegte den zweiten Rang der Skyeaters. »Wir folgen von nun an dir. Und um zu beweisen, dass wir es ernstmeinen, bekommt ihr die, die ihr Crissy nennt, zurück.« Crissy trat hervor. Im Gesicht und am Rücken klafften Narben. Sie war nicht mehr die vom Leben geküsste Prinzessin.

Che machte eine gelangweilte Geste und mit einem noch gelangweilteren Tonfall sagte er zu ihr: »Hurra, du bist wieder da. Komm zu uns.« Um dann überschwänglich Titus in den Arm zu nehmen. »Wir haben viel zu besprechen. Du gehörst ab sofort zur Garde. Wir werden in einer Woche die Dangars herausfordern.«

Titus nickte zustimmend. »Was immer du forderst, wir tun es!«

»El Commandante! Ich werde dir überall hin folgen, wohin du auch gehst! Wenn du in den Tod springst, dann spring ich mit dir!«, sagte Flash, während er vor Che kniete. Ches Miene verriet seine Zufriedenheit. Alle sahen, wie die rechte Hand des ihm verhassten Alphas Raw vor ihm niederkniete und ihm seine Treue schwor. Ihm, dem einstigen Namenslosen. Der kleine Schwächling. Der auf der untersten Stufe stand. Er hat geschafft, was vor ihm niemand schaffte. Er hat zwei Rudel zusammengeführt. Doch stand er gerade erst am Anfang. Denn am Ende wollte er alles haben.

Am Abend, als alle vom harten Kampftraining erschöpft waren, trat Marvin zu der Gruppe die um el Commandante stand und sagte zu Che: »Meinst du, es ist schlau, sie in deine Kampfkünste einzuweihen?«

Nicht Che antwortete, sondern Titus, der entrüstet wegen Marvins ungeheuerlichen Behauptung brüllte: »Natürlich. Denn wir sind nicht hinterhältig. Wenn wir einen Alpha haben, folgen wir ihm bis zum Tod! Und er hat bewiesen, dass er ein mächtiger Alpha ist. Bei den Kämpfen erledigte er fünf unserer Krieger.«

»Du hörst es, mein Freund!«, sagte Che mit seinem schelmischen Grinsen.

- 4 -

»Kämpf wie ein Schimpanse!«, schrie Scar, der Alpha des Dangar-Rudels.

Um sie herum herrschte das Chaos. Blut tropfte von den Bäumen. Es verdeckte das sonst so genügsame Grün. Aufgerissene Körper hingen tot in den Bäumen. Marvin stieß seine Machete in den Brustkorb seines Feindes. Das Blut schlängelte sich der mächtigen Klinge entlang. Marvins Augen funkelten vor Hass. Jegliche Empathie war aus seinem Antlitz verschwunden. Flash zertrümmerte mit einem Vorschlaghammer einen Schädel. Dieser zerplatzte und Blut schoss in alle Himmelsrichtungen. Flash fand Gefallen an den Kampfwerkzeugen. Sein teuflisches Grinsen war der Beweis. Titus stand blutüberströmt mit zwei

Macheten in der Hand da. Die Klingen durchbohrten vom Rücken aus die Brust zweier Dangars. Blut quoll aus den offenstehenden Mündern. Ramon hielt das ranghöchste Weibchen fest im Griff. Eine Kopfwunde war Zeuge für die Gewalt, die ihr angetan wurde. Ramons zu großes Glied wurde in sie hineingepresst. Aus ihren Augen schossen die Tränen. Ihr Mund aufgerissen, um den unbändigen Schmerz herauszuschreien.

»Sei kein Narr! Knie nieder und ich lasse dein Rudel leben! Oder wir töten alle! Sieh dich um!«, schrie Che zurück. Eine Wunde klaffte über seinem Auge. Sein Fell blutverschmiert, schwer zu sagen, ob es seines war oder das seiner Feinde.

Scar sah sich tatsächlich um. Er sah die schreckliche Szenerie. Die so unnatürlich für ihn war. Schimpansen konnten aggressiv sein. Konnten kämpfen und Kriege führen. Aber das hier überstieg alles, was der Dschungel je gesehen hatte. Nur der Mensch war imstande, so etwas zu verüben. Seine kämpferische Körperhaltung fiel in sich zusammen. Die Schultern schlapp. Die Arme baumelten ziellos in der Luft. Das rechte Knie beugte sich. Die gebrochene Stimme eines einstigen stolzen Anführers ertönte: »Bitte hört auf! Ich unterwerfe mich, el Commandante!«

Che thronte hoch über den anderen in seiner Baumkrone. Weibchen, die ihn früher nicht mal anguckten, wenn sie an ihm vorbeiliefen, brachten ihm süße Früchte. Er musste sie nicht wie früher hastig in den Mund stopfen. Nun betrachtete er sie erst einmal. Die Feige erschien in einem kräftigen Grün. Er drückte sie mit seinem Daumen und Zeigefinger. Sie gab dem leichten Druck nach, ohne aufzuplatzen. Er biss genüsslich hinein. Ließ die eine

Hälfte in seiner Hand, während er die andere sorgfältig kaute. Der Saft lief von seiner Zunge durch seine Speiseröhre in seinen Magen. Ein zufriedenes Stöhnen bezeugte, dass die Feige dem Commandante mundete.

Ein unnatürliches Krachen und Rumsen unterbrach den Commandante bei seinem Mahl. Die Erde zitterte. Vor Schmerzen. Vor Angst, es könnte ihr wieder etwas angetan werden. Che vernahm ein hektisches Gewusel unter seinen Untertanen. Marvin schoss zu ihm nach oben. Dicht gefolgt von den anderen seines Rates.

»El Commandante! Die Menschen! Sie sind in unserem Revier! Sie reißen den Boden auf! Du hattest recht! Die Felllosen fressen unseren Dschungel«, schrie Marvin entsetzt. Auf einmal redeten alle durcheinander. Doch statt sich an der Diskussion zu beteiligen, schaute Che nach oben in den Himmel. Er sah, wie die Wolken friedlich über ihnen vorbeizogen. Sie interessierten sich nicht dafür, was da unten geschah. Auch interessierte sie nicht, dass Che den Dschungel befreien wollte. Che ärgerte es, denn die Menschen interessierten sich für ihn auch nicht. Sie waren wie die Wolken. Sie nahmen von ihm keinerlei Notiz. Ihnen war es egal, wer Alpha war. Doch die Menschen waren nicht wie die Wolken, die friedlich über ihm vorbeizogen. Sie waren wie ein Pilz. Erst sprießen sie vereinzelt in einem Revier. Und ehe man sich versah, überwucherten sie das ganze Land. Nichts wird nach den Menschen aussehen, wie es vorher war. Er wusste, was sie bauten. Zu oft hatte er es beobachtet. Die Menschen stellten große Türme auf, die einen riesigen Stachel in die Erde bohrten. Dann saugte dieses Ungetüm schwarzes Blut aus dem Boden.

Der Dschungel um den Turm wird nach und nach sterben und die Menschen machen sich breit. Und selbst, wenn der Mensch alles hat, was er will, ist die Erde schon längst tot.

»Wir werden kämpfen!«, ertönte seine Stimme und sofort waren alle still.

Titus wandte ein: »Und was ist mit den Gorillas? Wir wollten doch ...«

Che unterbrach sein Ratsmitglied mit einer Handbewegung. »Ich gehe noch heute zu ihnen. Entweder folgen sie mir oder ich kümmere mich nachher um sie!«

»Noch nie hat jemand gegen die Menschen gewonnen!«, warf Scar in die Gruppe. Alle Ratsmitglieder nickten zustimmend.

»Weil nie jemand kämpfte wie sie. Wir haben ihre Waffen! Und ich weiß, wie sie kämpfen! Wir werden kämpfen wie der General. Wir greifen nie direkt an. Wir metzeln alle nieder. Frauen werden vergewaltigt! Ihre Kinder entführt! Und gezwungen, für uns zu kämpfen! So lange, bis sie unser Zuhause in Ruhe lassen!«

Alle nickten zustimmend.

Marvin und Ramon begleiteten Che, als er zu den Gorillas ging.

»Was machst du in meinem Revier?« Ramon senkte sein Kopf. Es war sein ehemaliger Alpha Mamut. Ein Prachtexemplar eines Silberrückens. Er war riesig. Arme dick wie Baumstämme. Hände so groß wie die Mäuler, der menschlichen Bagger. Seine Augen blickten gestochen scharf. Seine Stimme so tief, dass sogar die Erde erbebte. Die Reviere der Gorillas waren um ein vielfaches größer als die der kleineren Affen.

Che hatte Respekt vor Mamut. Doch keine Angst. Dieses Gefühl war ihm fremd. Er schaute den Gorilla erhobenen Hauptes an. »Ich bin es, mit dem du sprechen wirst!«, sagte er, als wäre er der Gebieter der Welt.

»Ich soll mit einem Schimpansen reden?«

»Ich bin nicht irgendein Schimpanse! Ich bin el Commandante, Che Guevara! Ich bin hier, um dir zu sagen, dass die Menschen bei uns sind! Sie saugen unsere Erde aus. Alles wird sterben. Wir werden kämpfen und die Menschen zurück in ihre leblose Hölle schicken! Macht ihr mit?«

»Nette Geschichte, doch was juckt es mich, dass die Menschen in eurem Revier sind?«

»Weil die Menschen gierig sind! Zuerst saugen sie unser Land aus, als Nächstes deines. Bis es keinen Dschungel mehr gibt!«

Mamut dachte sichtlich über Ches Worte nach. Er schüttelte den Kopf. »Ich bin nur ein Gorilla. Unsere Rudel sind nicht so groß wie die der Schimpansen. Ich kann den anderen nichts befehlen!«

»Du kannst aber mit mir gehen und sie überzeugen!«, sagte Che. »Wir müssen den Dschungel von den Felllosen befreien. Sie haben sich schon zu viel genommen!«

- 5 -

Che beobachtete die Menschen am Rand des Dschungels. Wie sie ihre Ungetümer versammelten. Riesige leblose Kreaturen, die schwarzen Lebenssaft aus dem Boden tranken, um mit einer ungeheuren Kraft zu wirken. Menschen packten ihre unnatürlichen Werkzeuge auf Kreaturen, die mit viel Lärm schnell weite Strecken zurücklegen konnten. Von der Ferne sahen sie aus wie ein Ameisenhaufen. Doch Che wusste, dass sie sich wie ein Pilz ausbreiteten, um den ganzen Dschungel zu verzehren.

»Wir müssen zuschlagen! Heute Nacht geht es los!«, sagte Che mit ernster Miene. Auch der Rat um ihn herum schaute bitterböse drein, um genauso ernst zu nicken. Sie hatten verstanden, um was es geht. Der Rat wurde durch Mamut und Bozza, zwei einflussreiche Silberrücken, ergänzt. Che berichtete ihnen von den Menschen. Diesen haarlosen Affen, die den gesamten Dschungel einnehmen wollen.

Frauen und Kinder schrien. Es waren Schreie der Verzweiflung. Schreie nach Erbarmen. Doch die Angreifer um Che kannten kein Erbarmen. Bewaffnet mit Kriegswerkzeugen der Menschen. Gerichtet gegen sie selbst.

»Vergewaltigt ihre Frauen! Tötet ihre Kinder!«, schrie Che. Sein Ruf wurde von Salven aus den Sturmgewehren begleitet. Er feuerte auf eine Gruppe bewaffneter Ranger. Die nach dem Kreischen der AK-47 verwundet niederfielen. Die Kugeln, die das Gewehr ausspuckte, rissen Löcher in die Körper der Menschen. Sie windeten sich auf dem Boden. Das Blut strömte aus ihren Kadavern. Schmerzerfüllte Fratzen zeugten vom Leid der Männer.

Doch den Frauen erging es nicht besser. Titus und Scar stürzten sich auf ein menschliches Weibchen. Sie rissen ihr die Kleider vom Leib. Ihre Scham war nicht mehr bedeckt. Zwei Kinder schauten mit aufgerissenen Äuglein auf das Geschehen. Einem Mädchen mit Zöpfen, die von pinkfarbenen Haarbändern gehalten wurden, entfleuchte ein: »Bitte tut meiner Mami nicht weh.« Doch nahmen die beiden Schimpansen keine Notiz von dem Mädchen. Während Titus sie festhielt, rammte Scar sein erigiertes Glied in die Mutter.

Tränen machten sich aus den Augen des Mädchens auf dem Weg in die grausame Welt. Als Zeuge der Ungerechtigkeit des Krieges. Auch wenn die Affen aus der Wildnis der Meinung waren, das Richtige zu tun. Ihren Dschungel zu beschützen. Weiterzuleben. Zu überleben. Die Träne lief davon unbeeindruckt aus dem Auge die Wange entlang, um die Klippe hinunterzuspringen und auf dem blutverschmierten Boden zu landen.

Die Frau schrie sich ihre Schmerzen aus dem Leib. Scar sah aber nicht ein, Rücksicht darauf zu nehmen. Titus drückte ihr Gesicht gegen den Boden, sodass ihr Kreischen gedämpft wurde. Doch dadurch hörte sie sich noch verletzlicher an. Scar stieß so lange in sie hinein, bis sie sich nicht mehr wehrte. Bis sie sich nicht mehr regte. Bis ihr Schreien zu einem flüsternden Wimmern mutierte.

Titus musste sie auch nicht mehr festhalten. Also ging er zu den Kindern. Zu dem Jungen und dem Mädchen. Den Jungen ergriff eine Welle des Mutes und er stellte sich vor ihm. Titus' Gesichtszüge zuckten für einen Augenblick anerkennend. Seine Hand jedoch schlug das Gesicht des Jungen kräftig mit der Rückhand. Die Wucht des Schlages schleuderte das Kind quer durch den Raum. Bis eine Wand den Flug stoppte. Der Zusammenprall von Kopf und Wand erzeugte einen dumpfen Knall. Der Körper fiel leblos zu Boden.

Titus schaute nicht mal nach, ob der Junge tot war. Das Mädchen blickte ängstlich ihrem Beschützer nach. Der Schimpanse zog sie an ihren Zöpfen hoch, um ihren Kopf mit einem großen Bogen gegen den Boden zu zerschellen. Ihr Kopf platzte auf und verstreute den Inhalt im ganzen Raum. Die Schimpansen gingen emotionslos nach getaner Arbeit aus dem Raum.

Das Menschendorf brannte. Lodernde Flammen erhellten die Nacht. Leichen von felllosen Affen säumten die Straßen des Dorfes. Die Befreiungsarmee der Schimpansen und Silberrücken zog sich zurück in den Dschungel.

Che war zufrieden. Der erste Schlag, um das Überleben seiner Heimat zu sichern, war erfolgreich. Er stolzierte mit erhobenem Haupt durch sein Reich. Die Schimpansen bewunderten ihn. Für seinen Mut. Für sein Geschick. Für den Sieg. Er, der frühere Namenslose, war nun ihr Held, der den Urwald beschützte. Che Guevara, der Name sollte im Dschungel niemals vergessen werden.

Doch waren nicht alle Affen im Dschungel dieser Meinung. Bozza übergab sich. Sein Fell blutverschmiert. Entsetzt rief er: »Wir haben unsere Unschuld verloren! Wir sind Monster, wie die haarlosen Teufel. Das war unwürdig! UNWÜRDIG!« Er schwor, nie wieder an der Seite von Che kämpfen zu wollen. »Guckt ihr, wie ihr mit diesen Felllosen fertig werdet! Ich geh wieder in mein Revier!« Auch andere Silberrücken waren dieser Meinung.

»Ihr Narren! Nur so kann die Menschenrasse besiegt werden! Ihr werdet es bereuen, von meiner Seite zu weichen! Ihr werdet bezahlen für den Verrat an eurem Commandante!«, schrie der im Stolz gekränkte Befreier des Dschungels. Er riss Büsche vor Wut aus. War es doch ein großer Triumph, der errungen wurde. *Wie konnten sie sich nur erdreisten*, schrie seine Mimik in die Welt hinaus.

»Auf unseren Commandante! Dem Befreier unserer Welt!«, rief Marvin und löste eine grölende Zustimmungswelle unter den Verbliebenen aus. Che war besänftigt. Doch marterte es seinen Kopf, wie er den Verrat der Schwächlinge sühnen könnte.

»Der Zeitpunkt ist schlecht. Wenn wir gegen die Abweichler vorgehen, würde es nur die anderen Silberrücken vergraulen«, raunte Marvin seinem Herrn zu.

Che nickte. Er wusste, dass er Mamut und die anderen brauchte. Denn die Menschen waren hartnäckig. Zu oft hatte er sie schon beobachtet. Wie sie erbittert um Reviere kämpften. Die Kriege der Menschen konnten ein Leben lang andauern und manchmal sogar länger.

Che hatte zunächst große Erfolge feiern können. Er massakrierte die Dörfer, die halfen, das Leben aus seinem Dschungel zu saugen. Er raubte Nahrung und Waffen. Nie zuvor in der Geschichte des Dschungels hatten Schimpansen so viel zu essen. Die Waffen sorgten dafür, dass Ches Armee immer mächtiger wurde. Und die Menschen zogen sich tatsächlich zurück.

»El Commandante! Dadurch, dass sich die Menschen vom Dschungel fernhalten, haben wir Schwierigkeiten, ihre Nahrung zu stehlen und ...«, sprach Marvin, doch unterbrach Che seinen Zögling mit einer Handbewegung.

»Keine Sorge, wir tauschen unsere Reviere mit denen der Go-rillas. Sie sollen am Rand des Dschungels leben! Ihre Bäume tra-gen mehr Früchte und so haben wir wieder reichlich Futter«, lautete Ches Plan.

Titus schaute entsetzt, doch war es Scar, der widersprach: »Mein Herr, das würde ein Krieg verursachen! Die Gorillas, die sich uneinig sind, könnten sich verbünden und gemeinsam ge-gen uns vorgehen.«

»Still!«, rief Flash. »Unser Commandante hat noch nie einen Fehler gemacht! Und so wird er am besten Wissen, was wir zu tun haben!« Er wendete sich Che mit gesenkter Stimme zu: »Was sollen wir tun?«

Mit seinem berühmten schelmischen Grinsen sagte der Commandante: »Geht und nehmt die Gewehre der Gorillas. Sagt ihnen, wir müssten den Fluch der Waffen, Unheil über die Welt zu bringen, erneuern. Dann tötet sie alle!«

Titus stotterte: »Auch ... auch ... Mamut und sein Gefolge, Commandante?«

Che verdrehte seine Augen genervt: »Ja!«

»Aber sie folgen uns treu und kämpfen tapfer an unserer Sei-te!«, diskutierte Titus weiter.

»Mamut folgt mir nicht. Er denkt, er wäre mir gleichgestellt. Und wir brauchen ihn auch nicht mehr! Die Menschen ziehen sich zurück. Also ist es an der Zeit, den Dschungel unter den Be-freiten aufzuteilen! Hat jemand damit ein Problem?«, sagte Che und starrte Titus in die Augen.

»Ihr habt unseren Befreier gehört! Los! Sammelt die Gewehre ein!«, rief Ramon dem Rat zu. Und der Rat schwang sich vom

Baum, um dem Befehl des Commandante auszuführen. Guevara saß allein in seiner Baumkrone. Er blickte durch das Geäst in den Himmel. Ob er an die letzten Worte dachte, die der alte Grey zu ihm sprach, dass am Ende Alles nichts sein wird?

»Warum?«, fragte Mamut höhnisch.

»Habe ich doch schon längst erklärt! Die Magie der Waffen muss wieder aufgefüllt werden. Damit sie beim nächsten Angriff gegen die Menschen Wirkung zeigen!«, erklärte Ramon nun gereizt. Die Diskussion ging länger, als ihm lieb war. Er wusste, in welcher heiklen Mission er sich bewegte. Den Silberrücken, die noch an Guevaras Seite stehen, die Waffen zu nehmen, kann einen brutalen Krieg auslösen. Außerdem war er früher noch das schwächliche Gorillamännchen. Nicht so ein prachtvoller Silberrücken wie Mamut. Doch als einer der engsten Freunde vom Commandante, war seine Stellung über Mamut.

»Ich habe nicht gefragt, warum ich die Waffen abgeben muss! Sondern warum du so ein Idiot bist?« Mamuts bassreiche Stimme machte eine Pause. »Ihr bekommt meine Waffen niemals!«

Ramons Miene verzog sich missbilligend. »Willst du das dem Commandante persönlich sagen?«

»Er ist der Alpha der Schimpansen! Und du sein Hofnarr! Und jetzt verschwinde!«, sagte Mamut mit gepresster Stimme. Ging einen Schritt näher auf Ramon zu, um ihm zu signalisieren, dass er bereit ist, zu kämpfen.

Ein Lichtstrahl spiegelte sich in der Klinge der geschwungenen Machete. Die Augen des mächtigen Silberrückens weiteten sich. Der Kiefer fiel kraftlos hinab. Blut floss aus der Kehle. Es rann den

Hals über die Brust hinunter, um unaufhörlich dem Boden entgegenzuspringen.

Marvin grinste Ramon an und zeigte ihm seine scharfe Klinge. Dann zwang er den kraftlosen Körper von Mamut in die Knie und schrie:»Jeder, der sich dem Willen vom Commandante widersetzt, wird mit dem Tod bestraft. Wir können hier nur in Einigkeit die Menschen besiegen!«

Ein Schimpanse mit einer Säge trat näher. Marvin hielt Mamut am Schopf fest, sodass der Schimpanse die Säge an den Hals ansetzen konnte. Blut spritzte und alles umgab ein unnatürliches Kreischen, das der Dschungel noch nicht kannte. Das Kreischen verstummte erst, als der Kopf vom Körper getrennt war. Der Körper plumpste unelegant auf den Boden. Während Marvin den Schädel des Silberrückens hoch in der Hand hielt.

»Wie verlief die Aktion? Konnten alle Waffen eingesammelt werden?«, fragte Guevara fast schon gelangweilt.

»Also manche haben sie freiwillig abgegeben. Aber der Großteil ist zu Bozza auf die Berge geflüchtet!«, berichtete Titus mit gesenkter Stimme.

Eine verängstigte Stille machte sich im Rat breit, als Che vor Wut tobte »Wie konnte das nur passieren? Es werden Köpfe rollen müssen!«

Marvin war der erste, der sich traute, das Wort an Che zu richten. »El Commandante, es war wegen Mamut. Er weigerte sich. Er musste sterben. Doch die anderen Silberrücken wussten ab dem Zeitpunkt, dass wir nicht in guter Absicht kamen. Daher zogen sich die meisten zurück. Doch ein kleinerer Teil steht trotzdem noch zu dir. Sie stehen hinter deiner Sache und gaben ihre Waffen ab!«

»Dieser Mamut. Diese Gorillas. Sie sind so widerspenstig. Dann sollen die, die bei uns geblieben sind, ihre Loyalität zu mir beweisen«, befahl Che. Jeder im Rat wusste, was damit gemeint war.

»Aber sie sind zu wenig. Wie sollen sie gewinnen?«, fragte Scar verblüfft.

»Warum zu wenig? DU begleitet sie mit deinen Dangars!«, antwortete Che und schickte sein Gefolge weg. »Marvin! Du bleibst bitte!«

Dadurch, dass Scar der einzige in seinem Rat war, der schon vorher an der süßen Frucht des Alphaseins gekostet hatte, war er auch der Gefährlichste. Obwohl Scar loyal an seiner Seite stand, fürchtete Che den Anführer der Dangars.

»Marvin, du begleitest sie, gemeinsam mit Ramon. Erstelle mit Scar den Kampfplan. Und im Kampfgetümmel, wenn es niemand bemerkt, tötest du Scar! Okay?«, trug Che seinen treuen Begleiter den Hinterhalt auf.

- 6 -

Es war still. Der Dschungel schwieg. Es war, als wüsste er, was bald geschehen würde. Die Kapuzineräffchen schwiegen. Auch die Vögel wollten nicht singen. Das Rascheln der vom Wind getragenen Blätter wollte auch nicht erklingen. Es war, als würde der Dschungel seinen Unmut äußern, in dem er den Krieg mit Stille strafte.

Marvin, Ramon, Scar, die Dangars und eine Schar von treuen Silberrücken durchstreiften den Dschungel. Sie waren zu kampferprobt, um ein Geräusch beim Vormarsch auf den Feind auzulösen. Sie marschieren lautlos zwischen den Bäumen.

Marvin hielt sich im Hintergrund, um den Überblick über das Kampfgeschehen nicht zu verlieren. Das jedenfalls sagte er Scar. Der Schimpanse, der mal Alpha der Dangars war, war zu erfahren, um einer solchen List zu glauben. Und dennoch marschiert er an der Spitze des Angriffstrupps. Um Bozza und seine Armee von Silberrücken den Erdboden gleichzumachen.

Die Trampelpfade der gegnerischen Gorillas waren zu sehen. Auch ihre Plätze waren deutlich an dem plattgedrückten Geäst zu erkennen. Doch von den Verrätern der Befreiungsarmee keine Spur. Es war, als hätte der Dschungel persönlich sie verschluckt, um sie vor dem Kampf zu schützen.

»AAAAHHHHHH«, ertönte es. Und Marvin schrie gleichzeitig entsetzlich auf. Ein Speer hat seine Schulter durchbohrt. Er drehte sich um und sah Bozza schreiend auf ihn zu stürmen. Marvin wusste, dass er im Kampf keine Chance gegen dieses Ungetüm hätte. Bozza war ein wahrer Herrscher des Dschungels. So erhaben. So voller Stolz.

Das Rattern eines Sturmgewehres wagte es, dem herannahenden Geschöpf das Wort abzuschneiden. Die Kugeln wurden vom Gewehr in die Brust des Silberrückens gespuckt. Sie fraßen sich in seinen Körper und manche waren so gefräßig, dass sie aus dem anderen Ende des Torsos wieder hinausflogen. Doch Bozza schrie sein Kampfgebrüll weiter in den Dschungel hinein. Es war, als stockte dadurch selbst dem Gewehr der Atem. Ein zögerliches Stottern im Gewand von vier kurzangebundenen Klicks kündigte das Schweigen an. Marvins Gesicht zierte eine angsterfüllte Fratze. Bozza sprang und landete auf Marvin und riss ihn mit zu Boden Der Gorilla fletschte seine Zähne und Speichel tropfte zähflüssig in Marvins aufgerissenen Mund. Bozza holte aus, um mit seiner Faust Marvins Gesicht zu zerquetschen.

Ein lauter Knall. Blut und die breiige Masse des Inhaltes eines Schädels regneten auf Marvin nieder. Er war aber nicht überrascht. Denn er selbst war es, der eine Pistole zog, um das Ungetüm aufzuhalten.

Inzwischen war um ihn herum ein Durcheinander entstanden. Dangars, die gegen Silberrücken kämpften. Schrille Schreie durchzogen den eben noch so unnatürlichen stillen Dschungel. Aber Marvin konnte die Schlacht kaum verfolgen, da er unter dem massigen Leichnam begraben lag. Doch war es ihm lieber unter ihm begraben zu sein, als die furchtbare Schlacht mit auszutragen. Er versuchte, anhand des Kampfgebrülls zu erahnen, welche Seite den Sieg erringen würde. Er fürchtete, dass die Silberrücken aufgrund ihrer Kraft den Sieg davontragen könnten. Immer wieder zerschnitten Gewehrsalven die schwüle Luft. Kurz danach gequälte Schreie. Es war nicht auszumachen, wer schreit. Ein Silberrücken? Einer, der Che treu ergeben ist? Oder ein Verräter?

Die Schreie der Affen und das Kreischen der Gewehre wurden durch ein quälendes Stöhnen abgelöst. Ein Zeichen, dass der Kampf bald enden würde, wusste Marvin. Wenn am Ende nur die Verwundeten zurückblieben. Aber Marvin hatte einen Auftrag. Scar durfte nicht lebend in ihr Revier zurück.

Marvin schob den schweren Kadaver zur Seite. Schaute sich um und erkannte um ihn herum nur lauter Leichen. Leichen, die von Kugeln durchlöchert waren. Leichen mit abgetrennten Gliedmaßen. Der Boden war mit dem Blut der Affen getränkt.

Marvin war geschwächt. Die Verletzung war keine Kleinigkeit. Er ließ die Speerspitze in der Wunde stecken. Er war zu erfahren, um sie herauszuziehen. Die Gefahr, dass er verblutete, war zu groß.

Er hörte Scar brüllen. Er war siegestrunken. Marvin ging zu dem ehemaligen Alpha. Dieser schien verwundert, den Orang-Utan zu sehen. »Du lebst?«

Marvin grinste. »Und du hast dich verraten! Du hast Bozza geholfen uns in den Hinterhalt zu locken! Ihm geholfen, dass er mich umbringen sollte! Nehmt ihn fest!«, befahl er. Die Dangars schauten sich verwirrt an. Anscheinend wollten sie Scar nicht schaden. Ein Silberrücken kam in den Kreis hinein und packte den immer noch verdutzen Scar am Arm. Ein zweiter stieß zu ihnen und nahm dem Schimpansen die Waffen ab.

»Aber … Aber … Er wollte mich hintergehen. Er wollte mich töten«, stammelte der einstige Alpha würdelos.

Marvin schob die Anschuldigung mit einer Handbewegung beiseite. »Du hast erst die Sache verraten und jetzt Bozza! Du bist erbärmlich!« Er zielte mit der Pistole. Ein Knall. Und der Dschungel wurde Zeuge eines weiteren Mordes an einem Affen durch einen anderen Affen.

»Ein glorreicher Tag für uns. Die, die den Dschungel befreien!«, rief Guevara seinen Untertanen zu, die gebannt an seinen Lippen hingen. »Die Verräter wurden gestoppt! Ein weiterer Verräter entlarvt! Scar wollte uns alle an die Klinge des Feindes ausliefern. Doch Marvin, mein treuer Begleiter, hat ihn heldenhaft daran hindern können!« Und die Menge jubelte und johlte. Che hob triumphierend die Hände.

»Wir werden nach diesem Tage unsere Reviere neu ordnen müssen, um die Sache auf sichere Füße zu stellen!«, sagte er und erläuterte weiter, dass die Gorillas von nun an im Grenzgebiet zu den Menschen leben müssten. Sie murrten zwar, doch ergaben sie sich dem Willen des Commandante. Sie wussten, was Abweichlern blühte.

-7-

»El Commandante!«, rief Flash völlig außer Atem.

Che bedeutete der Dienerin mit einer Handbewegung, aufzuhören. Sofort stoppte sie ihre Bewegung und legte die Feige beiseite. Der Mund des Commandante war ganz vom Saft der begehrten Frucht verschmiert. Die Dienerin wusste, was zu tun ist, und wusch ihm mit einem Blatt den Mund ab.

»El Commandante! Es ist dringend!«, rief Flash erneut aufgeregt.

Doch Che wies seinem Untergebenen mit ausgestreckter Hand an, innezuhalten. Dann zeigte er wortlos auf Marvin. Der schon vor Flash mit dem Commandante reden wollte, aber gezwungen war, zu warten.

Marvin blickte unsicher zu Flash. Che wedelte genervt mit seiner Hand, um Marvin deutlich zu machen, sich zu beeilen. »Also, die Dangars. Sie werden unruhig. Das Essen in ihrem Gebiet wird knapp. Sie murren. Du hättest versprochen, unter deiner Führung würde ...«

»Meine Führung?«, schrie Che verärgert. »Wir sind EINE Bewegung! Jeder Affe hier im Dschungel hat seinen Teil beizutragen! Sie haben sich zu fügen oder der Dschungel wird mit ihrem Blut getränkt!« Dann zeigte er mit dem Zeigefinger auf Flash. »Und du? Was brennt dir auf dem Herzen?«

»Mein Herr ... also ... die Gorillas ...«, stotterte er.

»Was ist mit den Gorillas, Flash?«

»Sie wurden massakriert. Ihre Leichname liegen in ihrem Gebiet verteilt. Selbst Weibchen wurden niedergemetzelt. Köpfe abgetrennt. Manche wurden gepfählt ...« Flash stockte, ehe er die Fassung erringen konnte. »Der Pfahl ging durch ihr Hinterteil und ragt aus ihrem Munde wieder hinaus, mein Herr! Die Überlebenden sind verängstigt!«

Che rieb sich die Hände. Ein schelmisches Grinsen legte sich über sein Gesicht. »Endlich, die Menschen zeigen sich wieder. Ihnen scheint der Dschungel doch noch etwas zu bedeuten. Doch mir bedeutet er mehr!«, sagte er, während sein Blick ins Leere lief. Es war, als äußere er nur seine Gedanken. Dann schaute er Marvin ins Gesicht. »Das ist die Handschrift von General Bisimwa! Ich kenne ihn so gut, als wäre ich er! Die Dangars sollen sich nützlich machen! Wir brauchen Gewehre und Futter für die Monster. Sie sollen das Forschungsdorf überfallen!«

»Das Forschungsdorf wird gut bewacht. Wegen der grausamen Menschen, die hier ihr Lager errichtet haben«, widersprach Marvin.

»Das ist ab jetzt das Problem der Dangars! Vielleicht finden sie dort auch endlich wieder Nahrung der Menschen!«, antwortete Che mit seinem Grinsen im Gesicht.

Che Guevaras Strategien waren genial, die eines geborenen Guerillas. Mit seinen Männern stand er am Rande des Dschungels. Es war Nacht. Doch das Feuer des Dorfes der grausamen Menschen erhellte die Nacht. Die Soldaten der haarlosen Affen schrien herum und ritten mit Ungetümen durch die Gegend. Sie verursachten unnatürlich viel Lärm. Nur die seelenlosen Kreaturen der Menschen machten solchen Krach. Und sie verpesteten die Luft mit widerlichem Rauch. Nach einer Weile brach Hektik im Dorf der Menschen aus. Ihre Gewehre kreischten durch die Nacht. Eine Heerschar von ihnen ritt aus dem Lager. Mit Kampfgebrüll.

Als ihre Rufe nur noch gedämpft wahrzunehmen waren, gab Che das Zeichen. Sie liefen los. Ins Dorf der Menschen. Geräuschlos. Sie schlitzten jedem Soldaten, der ihnen im Weg stand, die Kehle auf. Sie färbten den lehmigen Boden rot mit dem Blut der Menschen. Marvin schlich sich einem Soldaten von hinten an. Hielt ihm den Mund zu. Mir der anderen Hand führte er seine scharfe Klinge an den Hals. Ein Schnitt reichte und das Blut floss heraus. Marvin nahm seine Hand sachte wieder vom Mund. Der Mensch versuchte zu rufen. Das Blut stoppte seinen Ruf und es kam nur ein klägliches Blubbern raus. Auch den anderen Menschen erging es nicht anders. Hier und da war eine Gewehrsalve zu vernehmen. Meistens war dies die letzte Aktion, die der Sterbende noch verrichten konnte.

Zufriedenheit legte sich über Ches Gesicht, als die Nacht im Menschenlager totenstill war. »So, beeilt euch! Sammelt die Waffen ein! Und dann nichts wie weg hier!«, sagte der Anführer des Dschungels mit gedämpfter Stimme. Da war auch schon das unnatürliche Aufheulen der von Menschen gemachten Kreaturen zu hören. Der Soldaten, die zurück ins Lager kehrten. Sie sangen. Sie feierten.

»Schnell! Beeilt euch! Ohne Waffen gehe ich hier nicht weg!«, rief Che aufgeregt.

»Aber el Commandante ...«, wand Titus ein.

Che stoppte ihn. »Beeil dich lieber!«

Die Kreaturen wurden immer lauter und kamen daher immer näher und näher. Doch Che war erst zufrieden, als alle Waffen eingesammelt waren. Die ersten Kreaturen erreichten schon das Lager. »Wir haben alles!«, rief Marvin. Und die Schimpansen flohen im Schutz der Dunkelheit.

Im Hintergrund waren noch die aufgeregten Schreie der Menschen zu hören. Che hielt inne, während die anderen weiterliefen. Che konnte nicht zufriedener sein, als er den General hörte. »Verfluchte Viecher! Ich werde sie ausradieren! Keinen werde ich am Leben lassen!«, brüllte der Mensch in einer extremen Lautstärke und voller Zorn. Che dachte bei sich, dass er auch alle Menschen ausradieren werde. Da sie so viel Unheil über seinen Dschungel brachten.

Zufrieden saß Che in der Baumkrone mit dem Rat. Die Lethargie der letzten Wochen schien wie durch Zauberhand verschwunden. »Wir haben 33 Gewehre und jede Menge Futter dafür aus dem Dorf holen können. Auch haben wir einige Granaten erbeutet. Wenn sie geworfen werden, sprengen sie Löcher in Bäume, Tiere und sogar den Boden. Ich zeige euch nachher, wie sie funktionieren«, fasste Marvin das Ergebnis der Aktion zusammen. Ches Augen glänzten. Aufgeregt rieb er seine Hände aneinander. Ein Kichern entfleuchte seinem Mund.

»Auch die Dangars konnten Gewehre und Futter dafür im Forschungsdorf erbeuten. Auch haben sie Nahrung der Menschen beschaffen können. Ich würde sagen, wir geben es unseren Soldaten!«, ergänzte Titus den Bericht. »Nur haben wir unter den Dangars große Verluste. Das Forschungsdorf wurde gut bewacht. Ebenso fühlen sie sich verraten, da nach Scars Tod keiner von ihnen im Rat vertreten ist, und das, obwohl sie ihre Loyalität im Überfall auf das Forschungsdorf unter Beweis stellten.«

Che ließ sich genervt in der Baumkrone nieder. »Scar kam nicht zu Tode. Wir brachten ihn um, weil er Verrat an der Sache begangen hat! Die Dangars sind ebenso Verräter und können froh sein, dass ich sie nicht aufspieße! Sie sollen zu den Gorillas ziehen. Falls die Menschen kommen, sollen sie diese haarlosen Viecher aufhalten!«, führte er aus. »Wie heißt dieser Schnelle von ihnen?«

»Du meinst Damba? Den Neffen von Scar?«, fragte Flash.

Che klatschte in die Hände und rief: »Ja genau! Damba! Mann, ist dieser Bengel schnell. Sagt ihm, wenn die Menschen in den Dschungel eindringen, soll er zu uns eilen und Bericht erstatten!«

Unnatürliche Kreaturen schrien, schimpften und drohten, die Welt in Stücke zu zerfetzen. Der Dschungel zitterte vor Schrecken. Die Erde bebte. Es war, als wollte sie davonrennen. Nur weg von diesen Ungeheuern. Doch weder der Dschungel noch die Erde war imstande, vor dieser Gewalt zu fliehen. Die Schimpansen, die vor einer Sekunde noch friedlich schliefen, schreckten hoch. Che kannte diese Geräusche. Zu sehr hatte er die Menschen beobachtet. Doch statt Angst, wuchs Hass in seinem Bauch.

Er brüllte. Als ob seine Stimme es mit den seelenlosen Ungeheuern aufnehmen könnte. Da kam, ganz außer Atem, Damba angerannt. »El Commandante ... El Commandante ... Es ist schrecklich! Die Menschen!«

Che brauchte keinen Bericht von Damba. Er wusste, was hier passierte. »Zu den Waffen! Geben wir der Erde menschliches Blut zu trinken!«, rief der selbsternannte Befreier des Dschungels.

Seine Gefolgsleute rannten aufgeregt umher. Sammelten ihre Waffen ein. Stellten sich auf. Che durchschritt die Reihen seiner Befreiungsarmee. Wahrlich erinnerten die Schimpansen nicht mehr an die in der Wildnis lebenden Affen. Vielmehr sahen sie aus wie Menschen, die in die Schlacht zogen. »Auf SIE!«, schrie Che und spuckte die Wörter wie Galle aus. Seine Armee brüllte wie im Chor und sie rannten ins Grenzgebiet.

Dort angekommen, bot sich der Armee ein Bildnis aus der Hölle. Feuer loderten über den Boden die Bäume hinauf. Die Flammen fraßen unaufhörlich alles, was sich ihnen in den Weg stellte. Große Ungetümer stießen Bäume am Rande des Dschungels mit ihren übergroßen Mäulern um, als würden sie einem dünnen Ast gleichen. Schreie voller Schmerzen durchzogen den Wald wie eine teuflische Melodie. Maschinengewehre kreischten, während sie die Körper ihrer Opfer mit Kugeln durchlöcherten. Fratzen voller Leid der Gorillas und Dangars, wohin das Auge blickte. Blut der Affen durchtränkte den Boden.

General Bisimwa stand im sicheren Abstand und überblickte grinsend das Geschehen. Ihm wurde ein Gorilla gebracht. Sein Körper war übersät mit Wunden der Gewehre. Blut strömte aus ihm heraus. Er atmete noch, doch war er dem Tod näher als dem Leben. Der General hob seine Machete und hackte dem wehrlosen Affen mit drei Hieben einen Arm ab. Der Gorilla stöhnte seine Schmerzen kraftlos heraus. Es war, als wären sie langsam aus ihm rausgekrochen. Sie hatten es nicht eilig aus ihm rauszuplatzen. Für den zweiten Arm brauchte der General vier Hiebe. Blut spritzte in alle Himmelsrichtungen. So auch ins Gesicht des Generals. Durch das Blut des Gorillas sah das Antlitz des Schlächters noch furchterregender aus. Der Gorilla atmete nur noch sehr langsam. Obwohl der Silberrücken auch ohne weiteres Zutun auf dem Schlachtfeld sein Leben gelassen hätte, steckte der General sein Gewehr in das Rektum des Affen. Laut lachend drückte der Schlächter den Abzug. Der Schrei der Waffe wurde gedämpft. Doch zerriss es den Körper nach und nach. Blut sprang aus dem Körper, um alles in der Umgebung rot zu färben. Der General sah aus, als hätte er in Blut gebadet. Lachend sah er auf den Kadaver seines Opfers hinab. Ein einst so stolzer Silberrücken. Ohne Arme. Ein zerfetztes Hinterteil. Kugeln waren aus dem Kopf des Tieres ausgetreten, um es zu einem Wesen ohne Gesicht zu verwandeln. Das, was vorher das Innere des Gorillas war, lag nun am Rand des Dschungels verteilt.

Ches Hass, der vorher nur in seinem Magen verweilte, durchströmte seinen ganzen Körper. Er ließ seine Haare des Fells aufrichten. Dadurch sah er noch größer und gefährlicher aus. Che schrie den Hass aus seinem Körper. Er brachte sein Gewehr dazu, die unheilvollen Kugeln auf seine menschlichen Feinde zu spucken. Die ersten wurden niedergemäht. Seine Armee tat es ihm gleich.

Einen menschlichen Soldaten trafen so viele Kugeln, dass es aussah, als habe sein Körper einen epileptischen Anfall. Die Waffe glitt ihm aus der Hand. Seine Augen weiteten sich. Sein Kiefer fiel leblos hinab. Die eben noch so kämpferische Anspannung seiner Mimik wich einer hoffnungslosen Kapitulation. Als sich keine Kugeln mehr in sein Fleisch drängten, lehnte sich sein Körper gegen einen Baum. Blut quoll dabei aus seinem Mund und tropfte hinab. Langsam sank der Körper hinab, bis er in einer Sitzposition verweilen konnte. Da legte er eine Rast ein. Er gab einen Erstickungslaut von sich. Dann fiel der Oberkörper atemlos zur Seite. Das Gesicht landete dabei auf dem, inzwischen durch das Blut matschigen Boden. Dabei war nicht eindeutig festzustellen, ob es das Blut der Schimpansen oder Menschen war. Wahrscheinlich von beiden.

Der Kampf dauerte den ganzen Tag. Erst als die Sonne den Himmel in ein Rot tränkte, das dem Rot des Bodens glich, zog sich die Befreiungsarmee zurück. »In die Berge! In die Berge!«, schrie Che. Seine Armee folgte seinem Befehl und sie zogen mutlos in den Dschungel zurück. Doch auch in den Bergen war der Geruch der Niederlage zu riechen. Es roch nach verbrannten Bäumen. Nach verbrannten Fleisch. Es lag noch mehr in der Luft.

Der Dschungel kannte diesen Geruch nicht. Che aber sehr wohl. Es war der Geruch, den die seelenlosen Wesen von sich gaben, die den Wald Stück für Stück auffraßen.

Che blickte auf sein von Leid geplagtes Revier. Eine Träne rann seinem sonst mit einem schelmischen Grinsen verzierten Gesicht entlang. Marvin legte seinen Arm um Che. »Wir holen uns unser Gebiet zurück, el Commandante! Am Ende werden wir triumphieren.« Doch in Ches Ohren hallte immer wieder die Stimme des alten Greys. »*Am Ende wird Alles nichts sein!*«

-8-

»Wie sie sich breitmachen!«, klagte Titus kraftlos. Die anderen des Rates nickten betroffen. Außer Che. Seine Miene war grimmig. Er und die anderen standen am neuen Rand des Dschungels. Sie blickten auf das alte Revier ihres früheren Zuhauses. Auch einen Großteil des Gebiets der Skyeater hatten die Menschen verschlungen. Dort, wo einmal stolze Obstbäume standen, befanden sich nun seelenlose Türme. Sie ragten, wie einst die ehrfurchtgebieterischen Bäume, in den Himmel. Nur, dass die Bäume lebensspendend und lebendstiftend waren. Nicht so diese Ungeheuer, die die Menschen aufstellten. Um sie herum verkümmert selbst der kleinste Strauch. Ein ekliger, lebensbedrohender Geruch waberte von den Ungetümen rüber zum Rande des Dschungels. Der beißende Gestank kroch durch die Nase und den Mund, um sich in den Körper zu schleichen und alles Liebenswerte auszurotten. Marvin hielt sich die Hand vor dem Mund. Aber seine Hand konnte nicht schützen, was zu schützen war. Marvin hustete. So wie die anderen auch. Außer Che. Sein Stolz verbot es ihm, diesen Kreaturen nachzugeben.

»El Commandante, wann gibt es wieder etwas zu essen?«, fragte ein Weibchen des Skyeater-Rudels. Ches Miene, die sowieso schon zu schreien schien, dass er nicht angesprochen werden möchte, wurde durch die Frage des Weibchens nicht gerade freundlicher. Im Gegenteil. Blitzschnell griff seine Hand an ihren Hals. Ihre Augen weit geöffnet. Ihr Unterkiefer bebte vor Angst. Er fletschte seine Zähne. Mit der anderen Hand hob er seine mächtige Machete. Er drückte ihr die Klinge der gefährlichen Waffe an die Gurgel.

»Du wagst es, mich anzusprechen? Soll ich dich jetzt aufschlitzen oder den Menschen zur Belustigung anbieten?«, zischte er. Sie konnte nicht antworten. Sei es, ob ihre Angst zu groß war oder ob er die Kehle so stark zudrückte, dass ihre Worte im Halse stecken blieben.

»El Commandante«, sagte Titus, der inzwischen neben den beiden stand, bewusst ruhig. »Wärst du so gütig und lässt Keshia los? Wir haben etwas zu besprechen.«

Und tatsächlich lockerte sich Ches Griff. Seine Hand ließ vom Hals der jungen Schimpansin ab. Sie atmete hörbar die Last des nahenden Todes aus. Da spritzte auch schon Blut aus ihrer Kehle in Ches Gesicht. Keshia hielt sich die Hände auf der Wunde, doch vermochten sie nicht den Blutstrom zu stoppen. Langsam glitt Keshia auf die Knie. Statt einer Atmung war nun ein Röcheln zu hören.

»Musste das sein?«, sagte Titus und wandte geschockt sein Gesicht vom Geschehen ab. Er schaute zu Boden. Da konnte er beobachten, wie Keshias Blut sich langsam an seinen Füßen vorbeischlängelte. Er musste einen Würgereiz unterdrücken.

»Man könnte meinen, der Krieg hätte dich abgestumpft, mein Freund!«, frohlockte Che mit seinem Grinsen, dass er derzeit nur noch selten auf den Lippen trug. »Was war denn, was so wichtig ist?«

Titus schüttelte den Kopf. So, als ob er etwas sagen wollte, doch wüsste, dass es nichts gebracht hätte. Außer vielleicht einen Rüffel. Und der konnte in diesen Tagen auch den Tod zur Folge habe, wie Keshias Röcheln unter Beweis stellte. »El Commandante, die Nahrung wird immer knapper und die Menschen fressen den Dschungel gen Norden immer mehr auf. Da stehen noch drei Feigenbäume. Aber nicht mehr lange. Ohne die haben wir kaum noch Früchte!«

»Scheiße!«, platzte es aus dem Befreier der Schimpansen heraus. Er rannte zu Keshia, die im Begriff war, den Lebenskampf zu verlieren. Bei ihr angekommen, hackte Che ihr seine Machete in den Kopf. Einmal. Zweimal. Dreimal. Bis der Kopf eine breiige Masse darstellte, die durch den Dschungel flog.

Titus Gesichtszüge stellten eine Grimasse der Verabscheuung dar.

»Hast du ein Problem?«, schrie Che, der diesen Gesichtsausdruck seines Intimus nicht leiden konnte. Er kam ganz nah ans Gesicht von Titus. Die Nasenspitzen berührten sich schon fast. Jeder der beiden Schimpansen konnte den Atem des anderen spüren. Sie blickten sich streng in die Augen. »Ob du ein Problem hast, habe ich gefragt?«, quetschte der Commandante die Wörter zwischen seine Lippen.

»Nein, mein Herr! Ich bin ganz deiner Meinung!«, sagte Titus und ging dabei behutsam einen Schritt zurück.

»Gut, denn ich möchte dich nicht verlieren! Du bist ein guter Junge!«, sagte Che grimmig und klopfte seinem Untertan kräftig auf die Schulter. »Sag den anderen Bescheid. Der Rat muss tagen!«

»Männer! Wir haben zwei große Probleme. Ich mache kein Hehl daraus, dass das an der bitteren Niederlage gegen diese verdammten Menschen liegt!«, erläutert Che, um danach eine kunstvolle Pause einzulegen. »Das erste Problem ist, dass wir zu wenig Nahrung für meine Gefolgsleute haben. Der Pöbel begehrt schon auf. Immer wieder musste ich schon dem einen oder anderen Benehmen beibringen. Ich habe bei den Menschen oft gesehen, dass dieser Zustand dafür sorgt, die Machthaber zu entmachten. Das werde ich nicht zulassen! Verstanden!« Die Ratsmitglieder nickten stumm. »Gut! Das zweite Problem, die Menschen nehmen sich Stück für Stück unser Revier. Das heißt, wir müssen uns verteidigen!«

Der Rat schwieg. Das Schweigen stellte aber sicher keine Zustimmung dar. Die bittere Niederlage steckte den anderen noch in den Knochen. Es hatte aber auch keiner den Mut, dem Commandante zu widersprechen.

»Bewaffnet alle überlebende Dangars, Gorillas und die Hälfte der Skyeater. Sie sollen die Menschen vom Süden her angreifen. Sie sollen richtig Krach machen! So können wir mit der anderen Hälfte unbemerkt vom Norden ins Lager dieser elenden felllosen Missgeburten eindringen und deren seelenlosen Kreaturen die Kehlen durchschneiden.«

Wieder Schweigen. Diesmal hallte es noch lauter in Ches Ohren. »WAS?«, brüllte er gereizt.

Marvin fasste sich an die Brust. »El Commandante, das würde der Trupp nicht überleben. Die südliche Flanke ist mit den Männern von General Bisimwa bestückt! Unsere Leute würden das nicht überleben.«

Titus pflichtete ihm bei: »Die Seelenlosen können nicht getötet werden. Die Menschen hauchen ihnen einfach wieder totes Leben ein.«

»RUHE!«, schrie Flash. »Seit wann widersprechen wir dem Commandante?«

»Danke, Flash, mein treuer Gefährte. So tut schon, wie euch aufgetragen wurde«, sagte Che erschöpft und scheuchte seine Mannen mit einer Handbewegung davon. Titus beteuerte beim Weggehen: »Meine Männer werden es so laut krachen lassen, dass der Dschungel erzittert und jeder weiß, wir sind die Herrscher!«

»Dein Wort in Gottes Ohren!«, sagte Che und ließ sich genervt in seine Baumkrone fallen und massierte seine Schläfen. »Crissy! CRISSY!«, rief er und schon eilte sie herbei. »Bring mir Obst und dann massiere meinen Kopf!«, befahl er ihr.

Che und seine Spezialeinheit warteten am Dschungelrand. Die Truppen des Generals im Norden konnten erst angegriffen werden, wenn im Süden bereits gekämpft wurde. Che knabberte ungewohnt an seinen Fingernägeln. Ungeduldig wippte er von einem Bein auf das andere. Immer wieder setzte er sich hin und stand dann abrupt auf. Er murmelte in einem unverständlichen Kauderwelsch vor sich hin.

»Verflucht. Warum passiert nichts?«, fluchte er.

»Unsere Freiheitskämpfer im Süden kämpfen bestimmt schon«, versuchte Titus ihn zu besänftigen.

»Wenn schon gekämpft wird, warum hören wir nichts?«, fragte Flash.

Marvin schüttelte den Kopf. »Es bringt nichts, uns aufzuregen. Wir müssen abwarten.«

Che stampfte mit den Füßen. »Wenn sie nicht kämpfen, werden sie sterben! Hast du verstanden Titus! Es ist in deiner Verantwortung!«

Titus schluckte merklich auf.

Nach einer Weile fragte Ramon: »Sollen wir gehen. Die Feiglinge greifen ja doch nicht an!«

Marvin schnalzte missbilligten mit der Zunge.

Und noch bevor Che reagieren konnte, war ein ohrenbetäubender Knall zu hören. Wenn etwas im Dschungel schlief, wäre es nun aufgeschrocken. Die Erde bebte!

»Ich hatte doch versprochen, dass es krachen wird!«, sagte Titus triumphierend.

Und tatsächlich, die für Che so gewohnte Geräuschkulisse des Krieges flammte auf. Erst zaghaft, dann wurden die Gefechte immer heftiger. Nach und nach zogen die Soldaten Richtung Süden ab.

»Los geht's!«, befahl Che.

Lautlos schlich die Spezialeinheit durch das Menschengebiet. Alle Kämpfer hatten zu viel Erfahrung, um nur ein Geräusch von sich zu geben. Während Menschen stampfend durch die Gegend marschierten, war es für Schimpansen überlebenswichtig, nicht aufzufallen. Immer, wenn die Kämpfer auf einen Menschen stießen, wurde diesem schnell das Leben ausgehaucht. Ches Männer waren inzwischen geübt, Menschen die Kehle aufzuschneiden.

An der ersten dieser seelenlosen Kreaturen angekommen, machte sich Marvin ans Werk. Er zerschnitt Schläuche und es floss schwarzes Blut aus ihnen. Ramon riss direkt Organe aus der Kreatur heraus. Obwohl es fürchterlich krachte, schien kein Mensch etwas zu merken. Die Detonationen im südlichen Gebiet zogen die ganze Aufmerksamkeit auf sich.

Sie zogen weiter und eine Kreatur nach der anderen wurde demoliert. »Wir sollten zurück. Die meisten Kreaturen wurden zerstört«, flüsterte Titus. Che schüttelte den Kopf und nickte wortlos zu den großen Türmen, die der Erde den Lebenssaft aussaugten. Doch die Soldaten an den Türmen standen noch. Sie bewachten die Ungetüme weiterhin, statt sich dem Gefecht im Süden anzuschließen.

Che eröffnete das Feuer. Die anderen schauten geschockt zu ihm rüber. Er feuerte auf die Soldaten und traf einige. Sie erwiderten das Feuer. »Los, machen wir sie fertig!«, schrie der Anführer des Dschungels. Und seine Befreiungsarmee tat, wie es ihnen befohlen wurde.

Marvin robbte über den Boden zu Che rüber. »El Commandante, wir werden sie nicht bezwingen können. Sie sind immer noch zu viele!«

Noch bevor Marvin seinen Satz beenden konnte, riss Ramon sich in die Höhe und stürmte auf die Soldaten zu. Er schrie und die Erde schien zu erzittern. Dabei feuerte er mit seinem Maschinengewehr. Kreischend fluchte es durch die blutgetränkte Nacht und metzelte jeden nieder, dem es zu nahe kam. »Los, setzt ihm nach!«, schrie Che. Seine Mannen stemmten sich in die Höhe und nahmen die Soldaten unter Beschuss.

Ramon, der nicht mehr viele Schritte von den Menschen entfernt war, wurde von einer Kugel getroffen. Es schien ihm nichts auszumachen, denn er rannte mit voller Wucht weiter. Noch eine Kugel fraß sich in seinen Torso hinein. Danach folgte ein Hagelsturm von Kugeln, die den Tod des Gorillas forderten. Aber Ramon brüllte den Schmerz aus sich heraus und rannte schießend weiter. Ratternde Gewehre stritten um die Vorherrschaft der Türme. Immer wieder schrie mal ein Soldat gequält auf und dann wieder ein Schimpanse. Es war kaum zu unterscheiden, wer wann schrie. Zu ähnlich waren sich die Schreie.

Ramon war an einem der Türme angekommen. Blut rann aus den Löchern, die die Kugeln hinterlassen hatten, raus. Vor einem Soldaten blieb Ramon stehen. Der Soldat feuerte Kugel um Kugel seiner Pistole in die Brust des tapfer kämpfenden Ramon. Che dachte dabei: *Seine Heldentat darf nicht vergessen werden. Kein Affe wird jemals eine solche Leistung vollbringen können. Jeder andere wäre dem Tod entgegengehechtet.*

Ramon, dieser Teufelskerl, zündete die Granaten an seinem Munitionsgürtel. Und die Explosion zerriss ihn als ersten. Gliedmaßen des Soldaten, der vor ihm stand, wurden von der Wucht durch die Luft geschleudert. Es explodierten nicht nur die Granaten, auch Fässer, gefüllt mit dem schwarzen Lebenssaft der Erde, detonierten ebenfalls. Der Turm, der hoch hinauf in dem Himmel ragte und der Erde drohte, sie zu töten, knickte ein. Dann fiel er krachend und knirschend zur Seite weg. Der schwarze Lebenssaft schoss aus dem Boden, wie das Blut aus einer aufgeschnittenen Kehle. Es entzündete sich in den lodernden Flammen und es schien, als würde die Hölle aufbrechen, um die Erde zu verschlingen. Che und seine Einheit zog sich triumphierend zurück.

»El Commandante! Du weißt, ich werde immer an deiner Seite stehen! Das habe ich dir versprochen, aber hast du einen Plan, wie wir gewinnen können?«, fragte Marvin den Befreier des Dschungels beim Heimmarsch.

Che schelmisches Grinsen legte sich über sein Gesicht, so wie er sein Arm um seinen Freund schlang. »Ach mein dummer Orang-Utan. Die Menschen werden den Schwanz einziehen und sich aus unseren Dschungel endgültig verpissen! Und wir thronen über die Welt!«

»Leider hat sich in einem so schönen Anlass wie heute auch ein bitterer Moment eingeschlichen«, eröffnete Che die Rede vor seinen ganzen Gefolgsleuten. »Unser allseits geliebter Gorilla Ramon ist gestern Nacht von uns gegangen. Für den Dschungel bedeutete er viel, doch für mich noch mehr. Er war mein erster Freund in meinem Leben. Er stand zu mir, als ich noch ein Namenloser war. Er hinterfragte nie meine Pläne. Auch hatte er jeden Spaß mitgemacht.« Bei den Worten blitzte ein Lächeln auf. »Doch neben dieser schrecklichen Nachricht haben wir einen großen Sieg zu vermelden! Wir haben die Felllosen erfolgreich zurückgeschlagen!«, schrie Che seinen letzten Satz der Masse entgegen, die ihn dafür frenetisch feierte. »Die Menschen packen ihr Zeug zusammen und ziehen sich zurück. Wollen wir der vielen Helden gedenken, die am gestrigen Tag ihr Leben gelassen haben!«

»Was ist mit dem beißenden Rauch?«, fragte jemand aus der Masse.

Che schaute sich seinen Untertan musternd an. »Keine Sorge, der Brand dürfte noch etwas lodern, aber schon bald ist er wieder erloschen!«

Che drehte sich nach seinem Satz sofort um und zog sich mit seinem geschrumpften Rat zurück. Inzwischen bestand er nur noch aus Flash, Marvin und Titus.

»Die Armee, die im Süden gekämpft hat, ist fast vollständig vernichtet. Kein Schimpanse hat überlebt. Ein paar wenige Silberrücken überlebten, doch kamen sie nicht in unser Revier zurück. Sie verstecken sich irgendwo im Dschungel«, berichtete Titus.

»Der Dschungel ist unser Revier! Also, sie verstecken sich in unserem Revier vor uns?«, fragte Che gereizt, doch wartete er keine Antwort ab. »Findet sie und tötet sie. Ich will keinen Gorilla mehr in meinem Dschungel haben!«

»Aber ...«, setzte Titus an.

»Widersprich mir nicht dauernd!«, unterbrach der Commandante ihn scharf. »Los, nimm dir ein paar gute Männer und mach ihnen den Gar aus!«, befahl er. Als Titus den Rat verließ, sagte Che: »Marvin, wenn er wiederkommt, schneide ihm die Kehle durch. Er führt ein Komplott gegen mich im Schilde! Ich spüre das!«

»Ja, el Commandante!«, sagte Marvin und senkte sein Haupt.

»Wie sieht es mit der Nahrung aus?«, fragte Che.

Flash nahm das Wort an sich. »Die Lage ist weiterhin angespannt. Aber glücklicherweise haben wir nicht mehr so viele Mäuler zu stopfen.«

Che setzte einen zufriedenen Gesichtsausdruck auf. Und wieder einmal ging einer seiner genialen Schachzüge auf. »Ihr müsst heute mitkommen. Wir befreien Theodor. Er muss die Geschichte unseres Dschungels aufschreiben.«

-9-

Ich wusste, der Weg zur Forschungseinrichtung war überaus gefährlich. Die drei hätten schnell entdeckt werden können. Früher einmal war die Forschungseinrichtung vom Dschungel umgeben. Ich weiß noch, wie ich die Freiheit riechen konnte. Hören konnte. Ja, sogar schmecken konnte. Nun aber schmeckte ich nur noch den Morast der Menschen. Ich hatte die Hoffnung aufgegeben, dass mich Che befreien würde. Ich war traurig. Ich fühlte mich allein gelassen. Ich hatte Angst, niemals in den Dschungel eintauchen zu können. Im Gegenteil, ich hörte fast schon täglich von Berichten, die besagten, dass der Dschungel Stück für Stück sterbe. Es lag an den Ölbohrtürmen. Für die Menschen schien Öl eine überaus wichtige Sache zu sein. Dafür töteten sie den ganzen Dschungel und alles, was den Wald benötigte, um zu leben. Doch machte sich ein Silberstreif am Horizont breit.

Dr. Uwah sprach ganz aufgeregt zu meiner Pflegerin Tulasa: »Die Türme sind gestern Nacht in Flammen aufgegangen. Die Mitarbeiter der Ölgesellschaft behaupten, es wären Affen gewesen! Können Sie sich das vorstellen? Wie lächerlich!«

Tulasa schüttelte den Kopf: »Seien Sie nicht hochnäsig. Die Affen werden von einem Geistergeneral angeführt! Aber so wie man sich erzählt, geht General Bsimwa in den Dschungel.« Sie machte eine Pause, um dann fortzufahren. »Er wird alle Affen töten!«

Ich wusste nicht, wohin mit meinen Gefühlen. Auf der einen Seite war ich froh über Ches Erfolg. Aber gleichzeitig machte sich Angst in mir breit, ob Che den Kampf mit dem General überleben könnte.

Es war nachmittags und ich kam nach dem Mittagsmahl in den Garten zum Spielen. Ich wollte aber nicht. Ich saß im Reifen, der an einem Baum hing, und pendelte lustlos hin und her. Meine Gedanken kreisten um Che und ob er es schaffen würde, zu siegen.

Eine Explosion riss mich aus meinen Gedanken. Die Menschen schrien wie verrückt. Erst hörte ich Maschinengewehre kreischen, dann Menschen. Ich fürchtete, der General würde sich die Forschungseinrichtung nehmen, wie er den Menschen hier das schon oft genug angedroht hatte.

»Hey Schwachkopf? Willst du in den Dschungel?«, hörte ich die freche Stimme hinter mir. Ich drehte mich sofort um und sah Che Guevara mit seinem schelmischen Grinsen im Gesicht. Er stand auf der Mauer des Gartens und ließ einen Strick herunter. So befreite mich der Führer des freien Dschungels.

»Che, ich muss dir etwas Dringendes sagen!«, eröffnete ich ihm sofort, als wir im Dschungel ankamen.

Doch Che wischte meine Worte mit einer Handbewegung fort. »Mein Junge, du musst bumsen! Wir haben die besten

Weibchen im ganzen Dschungel! Und dann schreibst du unseren glorreichen Sieg für unsere Nachwelt auf.«

»Aber, Che, hör doch zu!«, setzte ich nach.

»Flash zeig ihm alles! Gib ihm jedes Weibchen, das er haben will! Und Marvin ...« Er wandte er sich von mir ab und zog sich mit Marvin zurück.

Ich war erschrocken über den bemitleidenswerten Zustand des Waldes. Die Bäume sahen nicht so kräftig aus, wie ich sie in Erinnerung hatte. Das Grün der Blätter wollte einem nicht ins Auge stechen. Es war, als versteckte es sich, um ja nicht entdeckt zu werden. Auch roch es nicht nach Freiheit. Ein widerlicher Gestank kroch einem in die Nase. Wenn ich zu tief einatmete, sorgte ein Hustenanfall dafür, dass die eklige Luft wieder rausgeprustet wurde. Es war aber nicht nur der Zustand des Waldes, der mich bekümmerte. Es waren auch seine Bewohner. Vor allem meine Artgenossen, die Schimpansen.

Als Flash mich herumführte, blickte uns niemand an. Alle schauten zu Boden. Keiner traute sich, uns anzusprechen. Keine hektische Bewegung. Die Schultern der Affen hingen hinab. »Du!«, sagte Flash zu einem Weibchen streng und zeigte mit seinem Zeigefinger auf sie. Er kam mir mehr wie ein Mensch als ein Schimpanse vor. Dass er auf zwei Beinen lief, verstärkte diesen Eindruck noch. »Komm her, jetzt!« Seine Stimme war dabei noch energischer, als sie schon vorher war.

»Es tut mir leid. Ich möchte sie nicht! Ich ...«

»Gefällt sie dir nicht?«, fragte er ungläubig. »Wir haben auch andere! Du kannst nehmen, wen du willst!«

»Es geht nicht darum! Es ist schrecklich. Der General ...«

»Was soll schon sein mit dem General? Er ist abgezogen!«, behauptete Flash mit geschwellter Brust und gehobenen Kopfes.

Ich schüttelte den Kopf. »Mitnichten! Der General dringt mit seinen Männern in den Dschungel ein, um uns alle zu töten!«

Flash riss seine Augen auf. »Komm mit! Schnell!« Und wir rannten zum Anführer. Che konnte kaum glauben, was ich berichtete.

»Mach dich sofort ans Werk. Schreib auf, wie glorreich wir sind und wie gut es nun dem Dschungel geht!«, befahl er mir. »Derweil kümmere ich mich um diesen haarlosen Bastard!«

- 10 -

So schreibe ich nun an den Chroniken vom *Krieg der Affen*. El Commandante, Che Guevara, trug mir auf, darüber zu schreiben, wie glorreich es im befreiten Dschungel ist. Doch das kann ich leider nicht. Überall, wohin ich blicke, sind traurige Gestalten. Kein Schimpanse, der durch den Krieg nicht irgendeinen engen Verwandten verloren hat. Es gibt viele Verstümmlungen. Es ist schrecklich, das mit anzusehen. Die Nahrungsmittelknappheit sorgt dazu, dass viele Schimpansen unterernährt sind. Rippen, Schlüsselbeine und sonstige Knochen sind deutlich unter dem Fell zu erkennen. Viele sind krank. Zum Beispiel Paka. Ein junges Männchen. Er liegt elend in seinem Erbrochenen. Ich vermute, er macht es nicht mehr lange. In der Forschungseinrichtung sind viele an solch einer Krankheit gestorben. Schüsse hallen immer wieder durch den Dschungel. Es kommen immer weniger von den Patrouillen zurück.

»Wir haben kaum noch Männer!«, berichtet Flash dem Rat, dem ich nun beiwohnen darf.

»Dann werde ich gehen!«, beschließt Che wagemutig.

»Aber, el Commandante ...«, versucht Flash, etwas zu sagen.

»Glaubst du, sie könnten mich töten? Mich? Che, el Commandante, Guevara?«

»Ich komme mit!«, beschließt Marvin kurzerhand.

»Natürlich bin ich auch dabei!«, schließt sich Flash den beiden an.

»Darf ich auch mitkommen?« Ich kann nicht glauben, dass diese Worte meinen Mund verlassen haben.

Che nickt zustimmend.

Auf der Patrouille herrscht eine angespannte Stille. Die drei sind hellwach. Vogelgezwitscher ist zu hören. Auch, wenn die Vögel nicht mehr so kräftig singen wie einst. Hier und da mal ein Rascheln. Ein Knacken. Mein Herz pocht so wahnsinnig, dass Dr. Uwah in der Forschungseinrichtung es hören müsste. Es knackt wieder und Marvin ist verschwunden. Ich drehe mich umher, um nach ihm zu suchen. Ich höre ein leises Röcheln. Es erschüttert mein Mark. Ich gehe zum Röcheln und sehe, wie ein Soldat der Menschen auf dem Boden liegt. Seine Kehle aufgeschnitten. Sein Blut rausfließend. Und Marvin, der über ihn thront.

Ein Knall. Und die breiige Masse von Marvins Schädelinhalt fliegt mir ins Gesicht. Ich muss einen Würgereflex unterdrücken. Ich ducke mich. Versuche, den Schützen zu erblicken. Doch kann nichts erkennen. Da höre ich schon Schreie. Kämpferische. Da erkenne ich im Dickicht, wie zwei Soldaten auf dem Boden liegen. Einer von ihnen schaut mich mit aufgerissenen Augen an. Ihm steckt ein Messer im Kopf.

Flash hangelt sich an den Bäumen entlang, um von dem Szenario zu fliehen. General Bisimwa und el Commandante stehen sich gegenüber. Beide starren sich an. Keiner der beiden bewegt sich. Es ist, als wären sie im Geiste verbunden. Als würden sie kommunizieren. Als würden sie sich anerkennen. Als Ebenbürtige. Dann rennen sie mit fletschenden Zähne gleichzeitig aufeinander zu. Beide mit einer Machete in der Rechten und einem Messer in der Linken. Che schlägt als erster zu. Doch der General bückt sich rechtzeitig und der Schlag landet im Stamm eines mächtigen Baumes. Che versucht, die Machete aus dem Stamm zu ziehen. Aber der Baum möchte die Machete nicht freigeben. Che zieht weiter am Griffstück mit entsetzt aufgerissenen Augen. Der Baum gibt nicht nach. Es ist fast schon so, als wolle er, dass der Krieg endlich aufhört. Egal, wer gewinnt. Einer muss verlieren. Beide schaden dem Dschungel. Der Baum hat sich entschieden, dem General zu helfen. Die Klinge des Generals landet zielsicher in Ches Hals. Der entsetzte Gesichtsausdruck weicht seinem schelmischen Lächeln. In der Brutalität der Szene steckt ein friedvoller Kern. Das Lächeln dankt fast schon dem General, dass er ihn endlich befreit. Der General rammt mit der Linken das Messer in Ches Brust. Che hechelt schwach. Beim Ausatmen fließt ein Schwall Blut aus seinem Mund. Ob Ches letzte Worte in seinem Kopf, die von Grey sind? »*Am Ende wird Alles nichts sein!*«

Ich blicke erneut zum Soldaten auf dem Boden mit dem Messer im Kopf und danach zum Befreier des Dschungels. Mir fällt dabei auf, wie ähnlich sie sich doch sind. Durch unseren Körper fließt rotes Blut. Wir haben beide zwei Augen. Eine Nase. Einen Mund. Unsere Weibchen und ihre Weibchen gebären Kinder. Wir kommunizieren miteinander, sie kommunizieren miteinander. Wir töten uns für das Territorium, sie töten sich für das Territorium. Nun töteten wir uns einander für das Territorium. Sie unterwerfen alles und jeden in ihrem Gebiet. Sie machen sich die Welt untertan, denn die Menschen gewannen den Krieg der Affen.

Die Patientin

In dieser Analogie geht es um eine Mutter, die sich seit je her liebevoll um ihre Familie gesorgt hat, ernsthaft erkrankt. Ihre rücksichtslose Familie nimmt davon zunächst keine Notiz. Die Kinder bemerken als erstes, dass etwas mit ihr nicht stimmt und drängen ihren behäbigen Vater zum Handeln.

Wird die Patientin wieder gesund? Welche Auswirkung hat die Krankheit auf die Familie?

Tag 1

Sie hustet. Der Hals schmerzt. Sie versucht, ihre Kinder zu rufen, doch ist ihre Stimme so heiser, dass ihre Worte nicht zu verstehen sind. Trotz, dass sie offensichtlich krank ist, kocht sie Essen für ihre Familie. Ihre Kinder nehmen von der Kraftanstrengung ihrer Mutter keine Notiz. Und auch ihr Ehemann beachtet nur das Festmahl. Die Familie verschlingt das Essen. Ohne darüber nachzudenken, wer es ihnen ermöglicht hat. Ohne zu fragen, wie es ihr geht.

Sie bringt ihre Kinder ins Bett. Das Schlaflied muss leider ausfallen, da die Stimme sich ausruhen muss. Die Kinder betteln unnachgiebig, bis sie trotz der Schmerzen singt. Und obwohl sie sich ausruhen muss, singt sie, bis ihre Kinder eingeschlafen sind.

Sie legt sich erschöpft ins Bett, wo ihr Ehemann auf sie wartet. Er möchte den ehelichen Beischlaf verrichten. Sie bittet ihn, den Beischlaf auszusetzen, bis sie wieder gesund ist. Nicht mit Worten, da die Stimme weg ist. Sie sagt es mit ihren Augen. Mit der Körperhaltung. Doch der Ehemann ignoriert die Zeichen und nimmt sich, was er denkt, das ihm zustehen würde. Sie lässt es stoisch über sich ergehen.

Tag 2

Sie kocht schon wieder, so wie sie es schon immer tat. Und just in dem Moment, als sie den Kochtopf auf dem Tisch stellen wollte, schwindet ihre Kraft. Der Kochtopf landet krachend auf dem Boden und das gekochte Essen verteilt sich darauf. Sie knickt ein. Sie weint. Vor Schmerz. Und weil sie ihre Familie nicht mehr ernähren kann, wie sie es immer tat.

Die Kinder und ihr Ehemann sind bestürzt. Das leckere Essen. Wie konnte das nur passieren? Was sollen sie denn nun essen? Der Ehemann kratzt das Essen vom Boden und löffelt es auf die Teller. Die Kinder murren. Ein solches Mahl sind die Kinder nicht gewöhnt. Doch essen sie es, weil sie hungrig sind.

Tag 3
Die Kinder und der Ehemann schauen besorgt zu ihr rüber, als sie kocht. Sie haben Angst. Was, wenn sie nichts zu essen bekommen? Sie hustet. Und hustet. Und wieder diese Schwäche. Sie hält sich an der Kochstelle fest. Sie will nicht zu Boden gehen. Sie will für ihre Familie sorgen. Doch dafür fehlt ihr die Kraft. Sie weiß, sie hätte sich ausruhen sollen. Ihr Ehemann versteht es nicht. Sie sackt zusammen und hockt auf dem Boden wie ein Häufchen Elend.

Der Ehemann schlendert zu ihr. Fragt, ob sie nicht wenigstens zu Ende kochen kann. Das Essen auf den Tisch stellen, könne er dann selbst. Sie rappelt sich mit seiner Hilfe auf. Sie kocht das Essen. Er stellt es auf den Tisch. Sie sinkt zu Boden.

Die Kinder schreien. Sie sind erbost. Wie kann ihr Vater nun essen wollen, wenn es ihr so schlecht ging. Er hat sein Leben lang von ihr gelebt. Doch sie hätten noch alles vor sich. Sie wollen auch noch von ihr Leben.

Der Ehemann ignoriert die Kinder und schaufelt das Essen in sich hinein. Er meint, wenn die Kinder sich so sehr um sie sorgen, sollen sie doch auf das Essen verzichten.

Die Kinder wollen von ihm erfahren, ob er denn nicht wüsste, dass, wenn er sich nicht auch um sie kümmert, ihr Verzicht nichts bewirken würde.

Missmutig geht er zu ihr, trägt sie ins Bett und lässt einen Arzt kommen. Der Ehemann berichtet danach stolz, dass der Arzt meinte, die Mutter hat nichts Ernstes. Ein paar Schmerzmittel und sie kann sich schon morgen wieder um die Familie sorgen.

Tag 4

Sie nimmt die Medikamente vom Arzt und schwingt den Kochlöffel wie eh und je. Sie bereitet ein Vier-Gänge-Menu zu und tischt ein Festmahl auf. Der Ehemann ist zufrieden. Doch die Kinder argwöhnen dem Geschehen.

Was, wenn die Medikamente nur für den Moment helfen. Und es ihr später schlechter denn je ergeht? Bis womöglich das Unaussprechliche passiere! Und sie sich um die Kinder nicht mehr kümmern könne. Abends singt sie ihrem Nachwuchs wieder ein Gutenachtlied, bis die Kleinen ihre Sorgen vergessen und ihre Äuglein schließen.

Als sie zu Bett geht, gibt ihr Ehemann noch einmal das wunderwirkende Medikament, um wieder mit ihr den Beischlaf zu verrichten.

Tag 5

Sie schafft es nicht aufzustehen. Die Schmerzen sind so schlimm, wie sie noch nie waren. Der Husten hört sich krachend an. Sie spuckt Blut. Sie glüht und die Familie schwitzt. Der Ehemann verabreicht ihr das Medikament. Doch das Medikament wirkt nicht, wie es den Tag davor noch wirkte.

Aber sie ist stark. Sie lässt sich von der Krankheit nicht in die Knie zwingen. Sie stemmt sich auf. Und geht wie jeden Tag zur Kochstelle, um ihre Familie zu versorgen. Die Kinder sind bestürzt über ihren Zustand. So schlecht ging es ihr noch nie. Die Zukunft der Kinder ist in Gefahr!

Der Ehemann will sich erklären. Es wäre doch nicht so schlimm, sagte ihm der Doktor. Doch die Kinder glauben ihm nicht. Sie halten ihm vor, dass er lüge. Er stammelt etwas davon, eine andere Mutter zu finden. Die Kinder wussten jedoch, dass dies nicht möglich sei. Sie haben doch nur eine Mutter!

Tag 6

Die Patientin windet sich im Schlaf vor Schmerzen. Eine Schweißperle bildet sich auf ihrer Stirn. Das Licht bricht sich in ihr. Dadurch funkelt sie wie ein Diamant. So unschuldig. So schön. Die Perle ist nicht alleine gekommen. Sie ist nur ein Vorbote. Es ragen Hunderte von der Sorte aus der Haut empor. Nicht nur auf der Stirn erscheinen sie. Es bildet sich ein feiner Film von Perlen über der Oberlippe. Die Perlen sind dazu da, die Patientin vor der Hitze des Fiebers zu schützen.

Die Lippen beben und es kommt ein Wispern heraus. Die Augenlider zucken auf und ab. Doch ist die Patientin nicht wach. Der Körper windet sich, um so dem Griff der Krankheit zu entkommen. Doch der Schaden ist zu groß. Und das Fieber hoch. Die Familie stöhnt unter der unerträglichen Hitze.

Der Arzt ist bestürzt. Habe sie sich denn nicht ausruhen können, so wie er es empfohlen hatte? Die Kinder sind erbost. Sie ahnten schon, dass ihr Vater sie belüge. Ein hitziger Streit entfacht. Was nun zu tun sei.

Der Ehemann besteht darauf, ihr weiter das Medikament zu geben und ansonsten weiterzumachen, wie gehabt.

Die Kinder können und wollen es nicht zulassen, dass das Leben weiter wie gehabt fortlaufen solle. Auch der Arzt redet auf den Ehemann ein, er soll sich gut überlegen, was er tut. Denn irgendwann gibt es kein Zurück.

Der Vater hält den Kindern vor Augen, dass sie doch selbst nicht auf die Annehmlichkeiten ihrer Mutter verzichten wollen. Sie verlangten doch selbst, dass sie die Gutenachtlieder sang, die den Kindern die Sorgen nahmen. Die Kinder schauen bedrückt zu Boden. Der Arzt schüttelt den Kopf.

Tag 7

Sie spuckt Blut beim Husten. Sie ist seit dem vorherigen Tag nicht aus dem Bett aufgestanden. Das Fieber ist weiterhin hoch. Die Kinder schwitzen von der unsäglichen Hitze. Wenn die Lider sich öffnen, sind nur glasige Augen zu sehen. Der Blick läuft ins Leere, so wie jeglicher Versuch, mit ihr zu reden. Die Kinder stehen trotz ihres Hungers am Krankenbett. Sie verabreichen die Medikamente, in der Hoffnung, dass Mutter dadurch noch weiterleben könne.

Der Vater hat das Tageslicht nicht erblicken können. War es, weil er zu hungrig gewesen war? Oder hatte er Mutters Fieber nicht ertragen können? Auch der Arzt war inzwischen nicht mehr da. Die Kinder wussten, dass der Tag kommen würde. Schließlich waren der Vater und der Arzt auch schon sehr alt.

Die Kinder flehen die Mutter an. Sie litten an unsäglichem Hunger. Sie wussten nicht, ob sie noch lange ohne Mutter leben können. Die Kinder waren sich uneins. Sollen sie Mutter selbst aufessen, um wenigstens einen Tag länger leben zu können? Oder sollen sie Mutter in Ruhe lassen. In der Hoffnung, Mutter würde rechtzeitig gesunden. Dann könnten sie bis ans Lebensende weiterleben. Auch könnten ihre Kinder und Kindeskinder von Mutter leben, wenn die nicht dieselben Fehler machten, die sie begingen.

Die Kinder stritten und stritten. Das Fieber ging runter. Zuerst freuten sich die Kinder. Die Hitze war fort. Doch die Kälte hielt danach Einzug.

Und für die abgemagerten Kinder ward am siebten Tage Dunkelheit, während Mutters Ende ungewiss bleibt.

Die Frau macht ARGH

Dies ist eine Spiegelgeschichte zu *Die Kuh macht MUUH*.

Was wäre, wenn eine übernatürliche Kraft uns in ekelerregende Käfige sperren würde? Man uns mästen würde, bis unsere Knochen vom Übergewicht gebrochen werden? Uns bei Bewusstsein schlachten würden?

Ein widerlicher Gestank steigt einem in die Nase, sodass die Augen tränen. Es stinkt bestialisch. Am besten wäre es, keinen Geruchssinn zu haben. Der Boden ist feucht und überaus matschig. Alle im Käfig sind bis zum Bauch verdreckt. Bei keinem der Anwesenden ist auch nur ein Funken Glückseligkeit in den Augen zu erkennen. Die matten, mit Tränen getränkten Augen erzählen eine Geschichte.

Die Neue steht ein wenig unbeholfen im Käfig. Keine der Anwesenden schaut auf. Keine Begrüßung. Sie zittert. Sie tapst vorsichtig umher. Um bloß keine der anderen anzustoßen. Die Neue geht zum Wasserkrug und trinkt. Schaut auf und sieht gegenüber einen anderen Käfig. Dort sind weitere angekettet. Blicken zwischen den Gitterstäben hindurch. Vor ihnen ist das Futter. Die Neue erschaudert merklich.

»Du bist neu hier, oder?«, ertönt eine Stimme neben der Neuen. Es ist eine tiefe, bassreiche Stimme von einer krankhaft fetten Frau. Das Fett quillt über und bahnt sich seinen Weg gen Erdboden. Auch hat sie Schwierigkeiten beim Atmen. Allein der kurze Satz scheint sie außer Puste zu bringen. Die Neue schaut sie langsam an, ehe sie sagt: »Ja, ich heiße Karla. Und du?«

»Ich heiße Henriette. Du warst vorher noch nie in einem Käfig, stimmt's?«

»Nein! Wo ich herkomme, gab es Felder. Ich war bei meiner Familie ...«, sagt Karla. Doch schafft sie es nicht mehr, weiterzusprechen.

»Ich habe es mir gedacht. So geschockt wie du bist. Denen da drüben geht es noch schlechter als uns. Wir können uns wenigstens ein wenig bewegen. Aber sie stehen auf einem harten Boden, angekettet und können nur fressen bis …«

»Jetzt reicht es aber, Henriette! Du verunsicherst das junge Ding nur«, wird die alte Frau von einer ebenso fetten unterbrochen. »Ich heiße Frida.«

»Hallo Frida!«, begrüßt Karla sie. »Aber was passiert hier mit uns?«

»Ach Kind, denk' erst gar nicht darüber nach. Iss lieber was, das vertreibt Kummer und Sorgen. Und morgen sieht die Welt schon wieder freundlicher aus«, sagt Frida mit einem Ton, der eine Spur zu hoch ist, um glaubwürdig zu sein. Doch scheint sie nicht weiter nachbohren zu wollen und fängt an, ihr Mahl einzunehmen.

Sie schaut auf und sieht die anderen noch beim Fressen.

»Schon satt?«, fragt Henriette skeptisch. Karlas Nicken ist kaum wahrnehmbar. Henriette schnaubt verächtlich. »Du musst dich daran gewöhnen, mehr zu futtern!«

»Aber warum?«, fragt Karla.

Doch bevor Henriette antworten konnte, grätscht Frida wieder rein: »Jetzt lass' das Kind doch erst einmal ankommen«, um sich dann zu Karla zu drehen und freundlich zu fragen: »Erzähl' mal, wo kommst du denn eigentlich her?«

»Ich … ich komm' von einem Feld. Es war wunderschön. Wir hatten frisches Gemüse. Besonders die Möhren, sie knackten beim Kauen. Wir waren sieben Frauen, 13 Kinder und mein Papa. Der hat sich aber nicht oft gezeigt. Wir hatten Platz. Nicht so wie hier. Wir konnten uns bewegen. Und lebten in einem Stall, der uns vor Regen und Wind schützte. Den Stall haben SIE regelmäßig gesäubert. Daher roch es dort angenehm. Auch Tiere lebten dort. Es gab dort Hühner und einen nervigen Hahn. Obwohl er winzig war und dort nichts zu sagen hatte, machte er einen Lärm. Vor allem morgens hatte man Schwierigkeiten, sein eigenes Wort zu verstehen. Aber nun, wo ich es nicht mehr höre, vermisse ich ihn. Auch gab es Schweine. Sie hatten nicht so viel Platz wie wir und suhlten sich im Matsch. Ihnen hätte es hier bestimmt gefallen. Fliegen gab es dort. Sogar mehr als hier. Sie nervten. Besonders, wenn sie einem ins Gesicht flogen. Ich schlug mit meinen Händen nach ihnen. Für einen Wimpernschlag verschwanden sie dann auch. Aber kehrten sofort zurück. Schmetterlinge mochte ich besonders. Sie glitten mühelos durch die Luft. Es war, als fiele ein Blatt von einem Baum und wird vom Wind durch die Luft getragen. Es steckte viel Anmut in ihrer Bewegung. Es gab aber auch Zeiten, in denen das Gemüse nicht mehr wuchs und es kalt wurde. Dann verschanzten wir uns im Stall. Ich hasste diese Jahreszeit. Eingesperrt mit meiner Familie. Vor allem mit meiner Schwester Gerlinde. Auf dem Feld verstanden wir uns, aber mehr als einen Tag im Stall und wir stritten unerbittlich. Wir kämpften, wer zuerst den Brei essen durfte. Ich war schneller und deswegen zuerst da, aber bevor ich den ersten Biss nehmen konnte, drückte sie mich weg. Sie war kräftiger, deswegen gewann sie meistens. Dann schimpfte ich. Doch Mama sagte nichts. Ich mochte den Brei noch nicht einmal gern. Auch war es egal, weil SIE uns genügend Futter brachten. Ich trabte immer auf und ab. Ich konnte es nicht erwarten, dass wir wieder rausdurften. Raus auf das Feld. Ich liebte die Zeit, in der alles frisch war. Dieser Duft der Blumen. Und wie er in die Nase stieg. Ich atmete extra tief ein. So tief ich nur konnte. Am liebsten hätte ich den kompletten süßen Duft, der in der Luft lag, in meine Lunge aufgesogen und abgespeichert. Besonders jetzt vermisse ich diesen Geruch. Wie gern hätte ich jetzt etwas davon!«, erzählt Karla und schaut mit wässrigen Augen gen Boden. Frida nimmt die Neue im Arm.

»Aber, aber, meine Süße. Sei nicht traurig.«

»Was soll sie denn sonst sein?«, platzt Henriette ins Gespräch.

Frida schnaubt vor Wut und mault: »Halt du dich da raus, du verbitterte Kuh!«

Tränen rinnen Karla aus den Augen. Sie laufen die Wange runter und tropfen auf den mit Fäkalien beschmierten Boden. »Ihr streitet wie meine Tanten. Nur, dass sie nicht mehr bei mir sind!«

»Was ist denn mit ihnen passiert? Warum sind sie nicht mitgekommen?«, fragt Henriette.

Frida antwortet für Karla: »Das geht dich gar nichts an! Lass sie endlich in Ruhe!«

»Nein, schon gut«, sagt Karla mit dünner Stimme. »Sie hatten Glück. Sie mussten das nicht miterleben. Bevor wir abtransportiert wurden, brachten SIE meine Tanten zur Quelle!«

»Zur Quelle?«, fragt Henriette. Und auch Frida guckt Karla fragend an.

»Gibt es hier keine Quelle? Der Ort, an den SIE einen bringen, an dem absoluter Frieden und Glück herrscht. Es ist so schön dort, dass jeder, der dorthin gebracht wird, je wieder wegmöchte. Ich habe mich immer so für alle gefreut, die zur Quelle durften. Wenn es hier keine Quelle gibt, wäre der Ort noch trostloser.«

»Ach mein Kind«, stößt Frida mitleidig aus.

»Das mit der Quelle darfst du ihr jetzt erklären«, zischt Henriette.

Frida schabt mit dem Fuß auf dem Boden und setzt dann zaghaft an: »Also, an dem Ort, den du Quelle nennst, herrscht kein Glück und Frieden. Dort werden wir alle geschlachtet. Deswegen kehrt niemand von dort zurück.« Die letzten Worte waren kaum zu vernehmen, mit so viel Ehrfurcht hat Frida sie gesprochen.

»Geschlachtet?«, fragt Karla.

»Zerstückelt! Zerhackt! Sie essen uns! Dafür sind wir hier!«, erklärt Henriette.

Karlas Miene verzerrt sich in Angst. »Oh mein Gott«, wispert sie.

»So, ich erklär' dir mal, was hier vor sich geht. Das hätte ich schon längst tun sollen.«, sagt Henriette mit einem vorwurfsvollen Blick Richtung Frida. »Magda komm' mal her und erzähl der Neuen, wie es als Milchfrau war, bevor du hier gemästet wurdest!«

Eine fette Frau kommt langsam angetrottet. Sie schaut Karla von unten bis oben an. »Da haben SIE aber viel zu füttern. Wie dürr du bist!«

Karla schaut verwirrt. »Was meint ihr damit?«

Die fette Frau sagt schmatzend: »Also SIE stopfen uns hier mit Futter voll, um uns danach zu schlachten. Sie wollen unser Fleisch, verstehst du?«

Karla nickt erschrocken.

»Aber manche von uns haben vorher Milch geben müssen.«

»Ach, das tat meine Mutter auch. Sie genoss es immer. Ich war leider noch nicht an der Reihe.«

»Hier ist es nicht so angenehm. Du wirst an eine Maschine angeschlossen. Anfangs zwickt es etwas. Doch schon nach dem ersten Tag brennt sich ein Schmerz den Nippeln entlang zum Busen hoch, nur um sich weiter in deinem Körper auszubreiten. Dieser Schmerz droht dich in Stücke zu reißen. Doch tut er es nicht. So nett sind SIE nicht. Sie zerren dir den letzten Tropfen Milch aus deiner Brust. Und wenn du keine Milch mehr hast, dann bringen SIE dich in einen gesonderten Käfig. Du bist allein. Du hörst IHRE Stimmen. Aber siehst SIE nicht. IHR hinterhältiger Dunst liegt in der Luft. Manchmal sind SIE gnädig und beginnen sofort. Aber mal lassen sie dich allein in diesem Käfig schmoren. Du weißt, dass es passiert, doch es passiert nichts. Du stehst den ganzen Tag nur rum und bist allein mit deinen Albträumen. Keine andere Frau, die dir zur Seite steht. Die dir Trost spendet. Nur du und deine Gedanken. In denen du wieder für wieder durchspielst, was passieren könnte. Besonders bitter, wenn du glaubst, dass SIE dich vergessen haben. Und SIE dich in Ruhe lassen. Noch schlimmer, wenn du glaubst, dass SIE dich frei lassen. Dass du auf ein Feld oder in einen Wald gebracht wirst. Wo du in Freiheit leben kannst. Wo du bei anderen freien Menschen bist. Gerade wenn du Hoffnung hast, dass dir doch nichts passiert. Gerade wenn du dir ausmalst, wie schön das Leben sein könnte. Genau dann passiert es. Wehren bringt nichts. Ein Monstrum wird in den Stall geschoben. Es hat die Form eines Mannes, doch es ist kalt, wie die Gitterstäbe, mit denen SIE uns gefangen halten. Wenn du dich wehrst, dann halten SIE dich fest. Dieses Monstrum wird dir von hinten übergestülpt. Dann drückt es sich ...« Magdas Stimme versagt und sie schaut zur Seite weg.

Karlas ganzer Körper zittert. Ihr Stand ist dabei unsicher. Es wirkt, als würden sie ihre Beine nicht mehr lange tragen. Ihre Augen sind aufgerissen. »Das ist die Hölle«, kriecht die schreckliche Wahrheit aus ihrem Mund.

Magda nickt. »Doch schlimmer ist, was dann passiert! Du wirst schwanger. Als ich das erste Mal ein Kind erwartete, freute ich mich. Ich stand mit anderen Frauen in einem gesonderten Stall. Ich freute mich sehr auf meine Geburt. Die anderen waren alle todtraurig. Ich dachte, sie würden es mir nicht gönnen, schwanger zu sein. Sie redeten auf mich ein. Dass ich mich nicht freuen dürfe. Dass es alles nur noch schlimmer mache. Doch ich machte den Fehler und freute mich. Hätte ich bloß auf die älteren gehört. Ich malte es mir aus, einen Jungen zu gebären. Er wäre groß und stark. Wie gern hätte ich ihn großgezogen. Ihn mit meiner Milch ernährt. Ihn geputzt. Ihm beim Spielen mit den anderen Kindern beobachtet. Ich hätte ihn Ferdinand genannt.« Es rinnen der fetten Frau dickflüssige Tränen aus den Augen. Sie vermischen sich mit dem Dreck in ihrem Gesicht und so sieht es aus, als würde ihr Eiter aus den Augen strömen. Mit ihren eitrigen Tränen im Gesicht redet sie jedoch auf die geschockte Karla weiter ein. »Mach das niemals, habe niemals Hoffnung hier!«

Karla stammelt: »Em ... und ... em ... was ... ist mit Ferdinand passiert?«

Magda schüttelt den Kopf. »Es war direkt nachdem ich ihn geboren hatte. Ich war so stolz auf ihn. Ich konnte ihm noch nicht einmal das Blut aus dem Gesicht waschen. Da kamen SIE schon rein. Diese Monster! Diese stelzenartigen Wesen. Mit ihren Tentakeln, mit denen SIE alles greifen, was auch immer SIE wollen. SIE rissen mir meinen Ferdinand aus meiner Obhut. Ich stand daneben und doch konnte ich ihm nicht helfen. Es gab kein Entrinnen. Ich schrie, so laut ich konnte. Ich stampfte auf den Boden. Doch hielten SIE mich mit ihren kalten Klauen fest. SIE halten dich und du kannst nichts mehr machen. Du würdest gerne. Doch geht es einfach nicht, wenn SIE dich festhalten. Ein weiterer von IHNEN kam in den Käfig und riss meinen kleinen Ferdinand aus meinem Herzen raus. Und damit auch jegliche Hoffnung. Ich hörte ihn schreien. Er rief nach mir: ›Mama! HILF MIR! MAMA!‹ Ich hatte mich nie wieder gefreut, als ich schwanger war. Ich habe meinen Kälbern nie wieder Namen gegeben.«

»Wie, du warst danach wieder schwanger?«, entrüstet sich Karla. Doch Magda schaut auf den Boden. Sie dreht sich langsam weg und trabt zur Futterstelle. »Es tut mir leid! Wirklich! Ich wollte nicht ...«, ruft Karla ihr nach.

»Du kannst nichts dafür, meine Süße!«, sagt Frida freundlich. »Es sind SIE, die uns das antun. SIE schwängern uns, dann entreißen SIE uns unsere Kinder, nur um unsere Milch aussaugen zu können. Wenn die Milch versiegt, schwängern sie uns wieder. Entreißen uns wieder unsere Kinder und saugen uns wieder aus. Und das wieder und wieder. Sie saugen nicht nur unsere Milch, auch unsere Seele aus. Deswegen sind wir im Käfig, wie wir sind. Manchmal stecken SIE welche wie dich und mich hierher.«

Karla und Frida fressen am Futterkrug. »Frida, wer sind die? Die sehen so komisch aus!«, sagt Karla und nickt rüber zu den Angeketteten. Frida senkt den Kopf. Eine einzelne Träne kommt aus ihrem Auge gekrochen. Erst zaghaft lugt sie hervor, in welche Welt sie geraten ist, um dann zügig ihren Platz auf den Boden zu finden. »Es sind Männer«, sagt Frida kurz angebunden.

»Aber wo sind denn ihre Hände?«, fragt Karla geschockt. Frida versucht, etwas zu sagen, doch steckt ihr ein Kloß im Hals, der jedes Wort erstickt, das vorbeimöchte. Henriettes Stimme ertönt. »Die werden ihnen abgesägt. Damit die Männer IHNEN nicht mehr gefährlich werden können. Deswegen stecken sie auch angekettet zwischen den Gitterstäben. Vor unseren Männern haben SIE Angst. Und obwohl unsere Liebsten mächtig sind, haben sie gegen SIE keine Chance. Ihr übermäßiges Gewicht erdrückt ihre Knie und Knöcheln. Der harte Boden auf dem sie stehen, verübt das Übrige. Frida ist so traurig, weil da drüben ihr Carlo steht. Doch hat er nicht mehr lange.« Ein fürchterlicher Ton unterbricht Henriettes Ausführungen. Der Ton lässt einem das Mark erschaudern. Ein schriller Zeuge, dass in diesem Moment etwas passiert, das nicht in Worte gefasst werden kann. Der Zeuge schreit das Unrecht laut in die Welt, sodass auch niemand sagen kann, er wisse von nichts.

»Was war das?«, fragt Karla unsicher. Unsicher, ob sie die Antwort ertragen könne.

»Es war wieder mal ein Kind! Das wirst du immer mal wieder hören. Manche sterben sofort, sodass du nichts hörst. Aber manche wehren sich. Dann wird es laut.« Karla ist der Schreck ins Gesicht geschrieben. Unruhig trabt sie auf der Stelle. Ihr Atem wird schneller und flacher. Hektisch schaut sie umher.

»Das hast du toll gemacht Henriette!«, bricht es aus Frida heraus. »Beruhig' dich, Süße. Es bringt nichts, auszuflippen. Du tust jemanden noch weh.« Doch Karla tobt immer wilder umher. Sie stößt gegen Magdas fettes Hinterteil.

»Hey, kannst du nicht aufpassen!«, empört diese sich. Karla lässt sich nicht beruhigen.

»Jetzt hör doch auf! Sonst kommen SIE«, sagt Frida mit einem schrillen Tonfall.

Henriette schlägt Karla unsanft gegen ihren Kopf. Karla sackt zusammen. »Lieber, ich strecke dich nieder, als SIE tun es«, sagt sie.

Karla schüttelt ihren Kopf und rappelt sich hoch. »Es tut mir leid!«, sagt Karla schüchtern.

Karla schläft unruhig auf den matschigen Boden. Sie murmelt. Doch nur unverständliches Gebrabbel. »NEIN! BITTE NICHT!«, schreit sie auf. »GIBST DU ENDLICH RUH!«, ertönt eine angesäuerte Stimme. »Es tut mir leid!«, sagt Karla kleinlaut. Doch bleiben ihre Augen offen. Sie geht zum Wasserkrug und genehmigt sich einen Schluck. Im Wasser wird die Lampe reflektiert, wodurch Karla ihr Spiegelbild erblickt. Sie blickt sich an und sieht, wie ihr Gesicht schon fetter wird. Sie sieht sich schon, wie sie Magdas Ausmaße annimmt. Sie erschaudert und doch blickt sie sich weiter an. Sieht den Dreck, der ihr im Gesicht klebt. Sie trinkt noch einmal einen Schluck.

»Psst!«, hört Karla vom Männerkäfig. Karla schaut auf. »Du bist doch die Neue?«, ruft Carlo mit gedämpfter Stimme rüber. Karla nickt zaghaft. »Du verstehst dich doch mit Frida, oder?« Und wieder nickt Karla. »Sag ihr, dass ich sie liebe und auf der anderen Seite auf sie warte«, flüstert er. Dann bewegt er seinen Körper zurück. Die Kette macht einen Ruck und es ist ersichtlich, dass sie um seinen Hals gewickelt ist. Dadurch kann Carlo nicht entfliehen. Er lässt sein ganzes Gewicht nach hinten fallen. Die Kette wickelt sich weiter rasselnd um seinen Hals.

»Du schaffst es nicht, die Ketten zu zerreißen! Lass es lieber!«, sagt Karla mit ebenso gedämpfter Stimme, wie es eben noch Carlo tat. Doch dieser schiebt sein Gewicht weiter und weiter in die entgegengesetzte Richtung. Die Kette schnürt dem Mann die Kehle ein. Er geht langsam zu Boden und doch drückt er mit seiner letzten Kraftreserve.

»Oh mein Gott, er will nicht fliehen! Er will sich umbringen!«, schreit Karla schrill.

»Wer will sich umbringen?«, fragt die noch schläfrige Magda. Doch dann reißt sie ihre Augen auf.

»Frida! Frida! Dein Carlo!«, schreit sie panisch.

»NEEIN! Carloooooo! Hör auf! Bitte!« Nun ist auch Frida endlich wach. Sie versucht, sich durch die Gitterstäbe zu quetschen, um zu ihrem geliebten Carlo zu gelangen. Vergebens. Die Gitterstäbe sind zu eng. Auch die anderen Frauen im Käfig sind nun wach. Es ist ein heilloses Durcheinander. Es wird gebrüllt. Geschrien. Geheult. Gefleht. Doch es hilft alles nichts. Carlo ist schon nicht mehr bei Bewusstsein. Das Gewicht seines ohnmächtigen Körpers drückt automatisch nach unten, was wiederum die Kette seinen Hals noch stärker einschnüren lässt. Inzwischen quillt Carlos Zunge aus seinem Mund.

»Was ist denn hier los?«, ertönt eine wütende Stimme.

»Das ist einer von IHNEN, lass uns lieber verstecken!«, flüstert Magda ehrfurchtsvoll in Richtung Karla und Frida.

Doch Frida schreit und stößt ihren Kopf weiter gegen das Gitter. Karla und Magda machen einen Schritt zurück. Ein lauter Knall ist zu hören. Es wird ein Metallstab gegen die Gitterstäbe geschlagen. Alle Frauen weichen etwas zurück. Außer Frida. Sie stößt sich weiter mit Kampfesgebrüll gegen das Gitter. Die Metallstange wird gegen Fridas Schädel geschlagen. Sie taumelt kurz und geht krachend zu Boden.

Ein zweiter kommt dazu. »Scheiße, was ist hier denn passiert! Schau dir dieses Mistviech an!«, brüllt ER verärgert. Der erste begutachtet nun Carlo. Dann befindet er: »Ist doch egal! Er war eh reif. Leiten wir alles in die Wege, dass uns das gute Fleisch nicht schlecht wird!«

Karlas Körper bibbert noch im Schlaf. Frida hingegen weint. Auch wenn sie leise weint, ist ein Wimmern zu vernehmen. Karlas Augen öffnen sich langsam. Sie schaut zu ihrer Freundin hinüber. »Oh Gott, ich bin eingeschlafen. Das wollte ich nicht, Frida!«

»Es macht doch nichts. Ich ... ich ... komm schon klar!«, behauptet sie schluchzend.

»Wir haben hier schon schlimmere Geschichten erlebt«, meint Henriette. »Er hat seinen Tod wenigstens selbst gewählt.« Sie nickt hinüber zum Männerkäfig.

»Was wollen SIE?«, erschreckt sich Karla.

»SIE holen die restlichen reifen Männer!«, sagt Henriette trocken.

Im Hintergrund ist Fridas Wimmern zu vernehmen. Die abgeführten Männer stampfen und fluchen. Doch merkt man ihnen an, dass die meisten die Kraft zum Kämpfen verloren haben. Sie werden an ihren Ketten aus dem Käfig gezerrt. »Widerspenstige Viecher! Wollt ihr endlich hören!«, empört sich einer der Mitarbeiter des Schlachtbetriebes. Einer der Männer zieht seinen Kopf nach hinten und stemmt seinen Körper gegen die Kette. Der Mitarbeiter, der diesen Mann führt, wird nach hinten gerissen und landet unsanft auf seinem Hinterteil. Der Mann bäumt sich auf. Seine kräftigen Arme wedeln drohend in der Luft. Doch bevor er seine Stumpfe auf das Gesicht des Mitarbeiters stürzen kann, bekommt er auch schon einen Stromschlag. »Verdammtes Mistviech!« Und der Mann erhält noch einen Elektrostoß. »Verflucht, was ist denn heute los mit euch?«, regt ER sich weiter auf. ER zieht an den Ketten des Mannes. Dieser kommt langsam auf die Beine und trottet mit.

»Was passiert mit ihnen?«, fragt Karla. Doch keine der anderen Frauen fühlt sich in der Lage, zu antworten.

Im Hintergrund ist Fridas Wimmern zu hören. Dann sind die Schreie der Männer zu hören. Einer der Männer schreit, als würde sein Leben davon abhängen: »NEIN! HILF MIR! BITTE! HELFT MIR! NEEEEIIIN!« Ein ratterndes Geräusch ist zu hören. Dann ist alles totenstill. Alle Männer sind verstummt. Keiner der Frauen gibt einen Ton von sich. Sogar Fridas Wimmern ist verstummt. Karla schaut sich ungläubig um. Sie sieht ihre Freundin Frida an und erkennt, wie die sonst so selbstsichere Frau zittert. Karla lässt ihren Blick weiter zu Magda wandern. Zu dieser krankhaft fetten Frau. Ihr Fett quillt schon an Stellen hervor, an denen man eigentlich kein Fett hat. Ihre Beine wackeln. Es ist schwer zu sagen, ob aufgrund des unbändigen Gewichts, das sie tragen müssen, oder des schockierenden Ereignisses, das sich abgespielt hat.

In der Stille ist ein Knacken zu hören, ein grässliches Geräusch. Ein Geräusch, bei dem sofort klar ist, hier ist etwas Schlimmes passiert. Keine Sekunde später jault Magda laut auf. Es ist ein schmerzerfülltes Gebrüll. Alle Augen sind auf diese fette Frau gerichtet. Und alle sehen, was passiert ist. Ein Knie konnte dem Gewicht nicht mehr standhalten und ist eingeknickt. Magda müsste sich hinlegen, doch bleibt sie weiter stehen. Sie schreit wie aufgespießt und just in diesem Moment, drückt sich das Wadenbein aus ihrem fetten Fleisch raus. Das Blut spritzt in alle Richtung. Magda knickt endlich ein und landet auf ihrer Seite. Das Blut fließt weiter und bildet einen kleinen Fluss auf dem matschigen Boden. Dieser Fluss aus Blut bahnt sich seinen Weg Richtung Karla. Sie gibt einen angewiderten Ton von sich. Der Fluss fließt unaufhaltsam auf sie zu. Bevor dieser jedoch ihre Füße erreicht, macht sie einen Satz zur Seite. »Hilf ihr doch jemand!«, schreit sie hilflos. Auch Henriette und Frida stehen daneben und schauen sich ratlos an. Henriette geht rüber zu den Gitterstäben und ruft: »Hey! Magda ist verletzt! Kommt schnell her!«

Karla schaut irritiert und sagt: »Du kannst SIE doch nicht rufen! Lass das! Nachher schlachten SIE uns alle!«

»Sei still!«, schnauzt Frida sie ungewöhnlich harsch an. »Nur SIE können ihr helfen!«

Henriette ruft weiter nach Hilfe. Tatsächlich, einen Augenblick später, kommen ein Arzt, der Produktionsleiter und zwei Mitarbeiter. Beide Mitarbeiter haben Stangen. Sie dringen in den Käfig ein und stoßen die Frauen um Magda herum weg. Karla flucht verächtlich und auch sie weicht vor der Stange zurück. Der Arzt schaut sich Magda an. »Ihr ist nicht mehr zu helfen!«, beurteilt ER. Frida schreit kurz auf. Sofort bekommt sie eine Stange auf den Kopf geschlagen. Sie verkriecht sich in die hinterste Ecke. »Sie muss geschlachtet werden!«, urteilt der Arzt weiter. Ein Raunen geht durch die Reihen der Frauen.

Karla schleicht sich rüber zu Henriette. »Wir müssen etwas tun!«, flüstert sie. Doch Henriette schüttelt nur mit dem Kopf.

»Wir können sie noch nicht schlachten. Wir müssen bis morgen warten. Verbinde sie doch, bitte. Morgen holen wir sie«, erklärt der Produktionsleiter.

»Ja gut, wird gemacht«, sagt der Arzt und legt einen Verband um Magdas Fuß. Magda ist inzwischen so schwach, dass sie noch nicht mal mehr ihren Kopf heben kann. Nachdem der Arzt sie verbunden hat, schaut ER sich die anderen Frauen an. »Hör mal! Die da solltest du auch morgen schlachten. Die macht nicht mehr lange!«, sagt er und zeigt auf Henriette.

»Henriette bekommt ihr nicht!«, schreit Karla und stürmt auf den Arzt zu. Ein dumpfer Knall ist zu hören und Karla kommt vor den Füßen des Arztes zum Erliegen. Einer der Mitarbeiter hat sie mit einem gezielten Schlag niedergestreckt. Dann gehen SIE raus. Und überlassen die Frauen wieder sich selbst.

Karla öffnet langsam die Augen. »Mach das nie wieder! Nachher schlachten SIE uns noch alle!«, sagt Henriette streng zu der erwachenden Frau.

Karla schüttelt ihren Kopf. »Das tut immer noch verdammt weh!«, jammert sie. »Ich verstehe euch nicht. Wir müssen doch etwas tun. Wir können dich und Magda nicht gehen lassen. Wir brauchen euch!« Karla macht eine kurze Pause, um mit einem flehenden Unterton weiterzusprechen: »Ich brauche euch!« Tränen rinnen ihr über das Gesicht.

Frida kommt zu ihr, um sie zu trösten. Sie umarmt Karla tröstend. »Hör auf mit den Kindereien! Verhalte dich endlich wie eine Erwachsene! SIE sind zu mächtig! Und wir dazu bestimmt, geschlachtet zu werden.« Karla nickt und legt sich zu Magda.

Magda liegt auf der Seite. Ihr Atem ist flach. Dann zuckt ihr Fuß und schabt über den matschigen Boden. »Magda ist wach! Magda ist wach!«, ruft Karla die anderen herbei. Karla nimmt ein Wispern wahr. Dann senkt sie ihren Kopf und legt ihr Ohr neben Magdas Mund. »Du musst tapfer sein für die anderen!«, haucht sie kraftlos in Karlas Ohr. »Ich bin froh, dass du da bist! Du bist eine gute Seele. Munter die anderen bitte auf. Sie können Zuspruch gebrauchen. Ja? Tust du mir diesen Gefallen?«

Karla nickt eifrig. »Natürlich, ich verspreche es dir!«, sagt sie mit geschwellter Brust.

Am nächsten Tag wird Magda auf eine Trage gehievt. Dann rollen die Mitarbeiter die übergewichtige Frau ab. Dabei bleiben ihre Augen geschlossen. Auch Henriette wird abgeführt. Widerstandslos läuft sie mit. Sie hebt ihren Kopf hoch. Frida heult. Tränen sprießen aus ihren Augen. Als die beiden Frauen aus dem Käfig gebracht werden, drückt sie sich gegen die Gitterstäbe. »Nein! Bitte bleibt! Geht nicht weg!«, schreit Frida aus vollem

Leib. Einen Arm streckt sie durch die Gitterstäbe Richtung Henriette. »Henriette bleib bei mir! Bitte!«, fleht sie.

Karla trabt sachte zu ihr. Sie nimmt ihre Freundin in Arm. »Sei stark! Für Henriette und Magda!«, sagt sie leise, doch ist ihre Stimme getränkt von Selbstbewusstsein. Frida zieht ihren Arm aus den Gitterstäben und vergräbt ihr Gesicht in Karlas Hals. Sie heult. Und Karla ist für sie da. Ihre Augäpfel zittern aufgeregt hin und her. Sie glänzen, da sie mit Tränen gefüllt sind. Doch bleibt jeder einzelne Tropfen in Reih und Glied stehen. Keiner verlässt ihre Augen.

SIE bringen eine neue Frau in den Käfig. Unsicher schaut sie sich die anderen an. Sie zittert. Der Ekel ist ihr ins Gesicht geschrieben. Von den alten Frauen sind bloß noch Frida und Karla übrig. Beide sind inzwischen fett. Karla ist so fett, dass sie beim Gehen nun mehr humpelt. Eine große eitrige Wunde klafft an ihrem Knöchel. Sie trottet sichtlich unter Schmerzen zur Neuen. »Hallo, ich heiße Karla. Und du?«, stellt sie sich völlig außer Atem vor.

Die Neue weicht einen Schritt zurück, um zurückhaltend zu antworten: »Hallo, ich heiße Susi.«

Karla mustert die Neue von oben bis unten. Sie hat kaum Fleisch an den Rippen. Ist drahtig. Ihre Muskeln sind deutlich zu erkennen.

»Du hast vorher auf einem Feld oder im Wald gelebt, he?«, stellt Karla fest. Ihr Blick wandert ins Leere.

Die Neue nickt verschüchtert. Dann fragt sie: »Woher weißt du das?« Doch Karla antwortet nicht.

»Ehe sie vor einem Jahr herkam, lebte sie selbst auch auf einem Feld«, antwortet Frida für ihre Freundin. »Komm, ich zeig' dir, wo alles ist!«, sagt sie und führt die Neue zum Futter- und Wasserkrug.

»Warum ... Warum haben wir so wenig Platz. Und warum ist hier alles verdreckt. Und im Stall hatten wir auch anderes Futter! Futter, das nicht stinkt!«

»Ach, meine Liebe!«, seufzt Karla. »Sind die Alten deiner Herde auch zur Quelle gegangen?« Susi nickt zaghaft. »Ja, das sagten sie mir auch, damals. Und so wie du habe auch ich daran geglaubt. Wie enttäuscht ich war, als ich hierherkam. Ich war so traurig, nicht zur Quelle zu kommen, wie meine Eltern. Sie nicht in der Quelle zu sehen, versetzte mir einen Stich ins Herz. Damals dachte ich, ich würde es nicht überleben. Und nun stehe ich vor dir. Nicht mehr die naive Frau von damals. Eine Quelle gibt es nicht. Wir werden geschlachtet. Damit SIE unser Fleisch verspeisen können!«

Susis Augen sind weit aufgerissen. Ihr Kiefer hängt kraftlos hinab. »Was, das glaube ich nicht!«, sagt sie nach einer Weile geistesabwesend.

Karla frisst vom Futter, um dann schmatzend zu erwidern: »Das habe ich damals auch nicht. Aber das, was du hier erleben wirst, wird dein Bild von der Welt in Stücke zerreißen!« Während Karla redet, fliegen Speisereste durch die Luft. Die Neue zieht ihren Kopf angewidert zur Seite weg. Und alle sehen ihre Grimasse des Ekels.

»Jetzt lass das arme Ding doch erst einmal ankommen!«, sagt Frida mütterlich.

»Du weißt selbst, umso früher sie die Wahrheit kennt, desto besser für sie!«

»Ja, ja, das weiß ich, aber morgen können wir ihr immer noch alles erzählen!«

Am nächsten Morgen werden die Frauen von einem Bollern gegen die Gitterstäbe geweckt. Karlas Lider öffnen sich erst zögerlich. Nach dem nächsten Knall schreckt ihr Kopf hoch. Sie sieht nichts, da ihr die anderen Frauen im Blickfeld stehen. Mit großer Mühe rappelt sie sich hoch. Sie hat sichtlich Schwierigkeiten, ihren massigen Körper aufzurichten. Stöhnend schafft sie es endlich. Sie sieht die Ursache des Bollerns. Es ist Susi. Die neue Frau. Sie schlägt ihren Kopf wieder und wieder gegen die Gitterstäbe. »Hör doch auf, bitte!«, versucht Frida sie zu überzeugen. Aber es bringt nichts. Susi malträtiert ihren Kopf weiterhin.

Der erste Bluttropfen macht sich auf den Weg. Er geht ganz gemächlich von der Wunde runter Richtung Brauen. Dort stoppt er kurz. Als ob er sich entscheiden müsste, wo es weitergehen soll. Der Blutstropfen entscheidet sich nur zögerlich. Er hat sich für die Innenseite entschieden und wandert Richtung Nase. Doch erreicht er die Spitze nicht. Eine Flutwelle an Blut erwischt ihn vorher und reißt ihn mit. Er geht völlig in den Fluten unter. Die Welle schwappt über die Nase hinweg und erzeugt einen Wasserfall. Dieser rauscht beständig Richtung des matschigen Bodens.

»Bitte hör auf! Sonst kommen SIE!«, fleht Frida. Doch denkt Susi gar nicht daran, aufzuhören. Sie schlägt ihren Kopf weiterhin gegen die Gitterstäbe. »Verfluchte SCHEIßE!«, ruft einer der Mitarbeiter des Mastbetriebes aufgebracht. Dann schlägt er mit einem Stock nach ihr. Ohne Erfolg. Susi rammt ihren Schädel wieder gegen die Gitterstäbe. Das Blut spritzt in alle Richtungen und dem Mitarbeiter ins Gesicht. Dieser flucht und schimpft. Wischt sich das Blut aus dem Gesicht. Susi rammt ihren Kopf nochmal gegen die Gitterstäbe und kippt um. »Ist sie tot?«, erschrickt Frida.

»Nein, sie atmet noch«, gibt Karla kurz zu Protokoll.

Der Arzt eilt herbei. Er steigt in den Käfig und untersucht die neue Frau. Er kittet ihre Wunde und stoppt die Blutung an der Stirn. »Warum hat sie das gemacht?«, fragt der Mitarbeiter. Doch der Arzt zuckt nur die Schultern. SIE lassen Susi im Käfig liegen.

Nachdem der Arzt und der Mitarbeiter aus dem Käfig gegangen sind, scharen sich die Frauen um die ohnmächtige Susi. Ein lautes Stimmenwirrwarr bildet sich. Alle Frauen diskutieren aufgeregt. Manche machen sich Sorgen um Susi. Wieder andere haben Angst. Was ist, wenn Susi verrückt ist und nächstes Mal jemanden von ihnen angreift?

»SIE müssen die Neue hier wegschaffen!«, echauffiert sich eine dunkelhäutige Frau. Sie ist von oben bis unten mit Matsch bedeckt.

Eine weiße Frau pflichtet ihr bei. »Und was ist, wenn es ansteckend ist! Und wir morgen alle so durchdrehen! Sie kann hier nicht bleiben!« Ein geschocktes Raunen geht durch die Reihen.

»Haltet alle die Schnauze!«, ruft Karla. Ihre Stimme ist schon lange nicht mehr zurückhaltend. Denn Karla ist schon lange nicht mehr die schüchterne Frau. Das wissen auch die anderen und sofort verstummen alle. »Sie ist nicht verrückt und wird keine von uns angreifen! Auch ist sie nicht krank und wird uns nicht anstecken. Sie kommt einfach nicht damit klar, wo wir leben. Also wollte sie ihr Leben beenden!« Alle Frauen hängen ihr an den Lippen. Beruhigt nicken sie.

»Ah, mein Kopf! Tut der weh«, sagt Susi, als sie aufwacht. »Was ist denn passiert?«

»Du hast deinen Kopf gegen die Gitterstangen gerammt und uns damit einen ziemlichen Schrecken eingejagt. Dann bist du ohnmächtig geworden«, erklärt ihr Frida mit ruhiger Stimme.

Susi schaut sich um. Erschrocken stellt sie fest: »Das war kein Traum! Ich bin hier wirklich in der Hölle.« Dann beginnt sie zu weinen. Es ist ein verzweifeltes Schluchzen.

»Ja, du bist in der Hölle und du wirst hier auch nicht lebend rauskommen!«, sagt Karla scharf. »Also besser, du akzeptierst es!« Frida wirft ihr einen vorwurfsvollen Blick zu. »Du weißt es doch, wir müssen ihr es erklären!«, wendet sich Karla bissig an Frida.

»Ja, ich weiß schon«, gibt Frida klein bei.

»Also ...«, setzt Karla an, »... SIE halten uns hier gefangen! SIE füttern uns! Manche von uns werden von IHNEN gemolken! Nach einer Weile schlachten SIE uns! SIE entnehmen unser Fleisch, um es zu essen!«

Mit aufgerissenen Augen und offenem Mund hört Susi zu. »Wer sind denn SIE?«, fragt Susi verblüfft.

»SIE sind stelzenartige Wesen, die kleiner sind als wir. Doch haben SIE Kräfte, gegen die wir uns nicht wehren können. Manche mögen uns und behandeln uns gut. So wie DIE in deinem oder meinem früheren Stall. Dort ging es uns gut und wir fühlten uns wohl. Doch den MEISTEN sind wir egal. Daher stecken SIE uns in Käfige, mästen uns und fressen uns.«

Susi schüttelt ungläubig den Kopf. »So grausam kann doch niemand sein. Wir tun ihnen doch nichts.«

»Ach, Süße, so naiv wie du bist, war ich auch mal«, sagt Karla und watet zum Futterkrug.

»Nimm es ihr nicht böse. Nur hier macht man Dinge mit, die kommen sonst nicht in deinen schlimmsten Albträumen vor! Sie hilft dir damit. Je eher du kapierst, was hier passiert, desto früher kommst du damit zurecht«, sagt Frida in ihrer mütterlichen Art.

»Zurechtkommen? Hiermit? Lieber sterbe ich!«, sagt die Neue selbstbewusst.

»Ja, das wirst du«, sagt Frida und trottet davon.

Karla verschlingt das Fressen förmlich. Sie kaut kaum noch. Frida tut dasselbe. Auch die anderen Frauen fressen. Nur Susi, die Neue, tappt ziellos im Käfig umher. »Irgendwas stimmt mit ihr nicht«, sagt die dunkelhäutige Frau. Die von oben bis unten voll-gematscht ist.

Die weiße Frau stimmt erneut zu. »Ich sag' doch, sie ist krank. Ich kenn' die Krankheit. Nicht mehr lange und wir alle laufen so rum.«

Ein heilloses Stimmenmeer bildet sich. Die Frauen wollen, dass Susi verschwindet. Da kippt Susi um. »Ich hab's doch gesagt!«, empört sich die dunkelhäutige Frau.

Karlas erhabene Stimme ertönt. »So ein Blödsinn. Susi hat sich nur den Kopf zu heftig angeschlagen. Das ist es!« Doch die ande-ren Frauen murren.

Die Weiße schreit: »Sie bringt uns um! Wir müssen sie entfernen!« Die anderen Frauen stimmen grölend zu.

»Was sollen wir machen?«, zischt Frida in Richtung Karla.

»Nichts! So oder so, wir sind machtlos!«, gibt Karla zurück.

»Wie meinst du das?«

»Wir können sie nicht entfernen. Das können nur SIE. Und ja, sie ist krank. Nur es hilft niemandem, wenn jetzt auch die Gesunden in Panik geraten. Aber auch das kann ich scheinbar nicht verhindern.«

Frida nickt nachdenklich.

Die anderen Frauen umringen Susi. Als sie zu Bewusstsein kommt, beißt Susi umgehend die dunkelhäutige Frau. Die sogleich schmerzerfüllt aufjault. Dann tritt Susi wahllos um sich. Sie schreit: »Ich bring' euch alle um!« Sie tritt weiter um sich her, bis sie einen Tritt gegen den Kopf bekommt und wieder ohnmächtig wird.

»Du musst IHNEN Bescheid sagen. SIE müssen die Neue entfernen!«, empört sich die dunkelhäutige Frau.

»Und wie soll ich IHNEN Bescheid geben? SIE verstehen kein Wort von dem, was wir sagen. Oder besser gesagt, SIE wollen kein Wort verstehen.«

»Aber irgendwas müssen wir doch machen! Sie kann nicht hierbleiben.«

Doch Karla trottet zum Wasserkrug. Als Karla trinkt, wacht Susi auf. Die anderen Frauen halten Abstand zu ihr. Susi schaut sich unsicher um. »Wo bin ich?«, schreit sie. »Wer seid ihr?« Sie wird panisch. Sie rennt im Käfig umher. Alle Frauen geraten in Aufruhr. Hektisch scheuchen sie Susi weg, sobald sie in ihre Nähe kommt. »Warum hilft mir denn keiner? Sagt mir doch endlich, was hier los ist!«, schreit sie wie von Sinnen. Doch keine der anderen Frauen ist bereit. Bereit, sich nur auch in ihre Nähe zu wagen. Dann rennt Susi wieder gegen einen Gitterstab. Mit voller Wucht und ihrem Schädel voran.

»Ich habe Angst«, flüstert Frida ihrer Freundin zu. Susi rennt wie den Tag zuvor wieder und wieder gegen die Stangen. Bis ihr Blut über das Gesicht läuft. Und bis sie wieder in Ohnmacht fällt. Hektisch kommen der Arzt und der Produktionsleiter hinein. »Was ist denn da wieder los?«

Der Arzt untersucht Susi erneut. »Ich vermute, sie hat Creutzfeldt-Jakob! Ich nehme eine Blutprobe, dann haben wir Gewissheit.«

»Creutzfeldt-Jakob? Verflucht! Aber protokolliere es ja nicht, verdammte Scheiße«, flucht der Produktionsleiter.

»Am besten, wir schlachten sie sofort alle!«, schlägt der Arzt vor.

Frida und die anderen halten vor Angst gelähmt die Luft an.

»Die Anlagen sind noch belegt, verdammt. Wir können sie frühestens am Sonntag schlachten. Meinst du, die anderen sind auch infiziert?«

Der Arzt überlegt, nach einer Weile antwortet er: »Ich glaube nicht. Die Neue ist zu kurz hier, um sich durch unser Futter angesteckt zu haben. Aber besser, wir kontrollieren das.« Dann marschieren beide aus dem Käfig.

»Hast du das gehört? Wir werden schon am Sonntag geschlachtet. Am Sonntag schon«, sagt Frida und dabei überschlägt sich ihre Stimme.

»Du musst jetzt stark bleiben. Für die anderen«, raunt ihr Karla zu. Doch auch die anderen sind in heller Aufregung.

Also erhebt Karla ihre mächtige Stimme. »Wir wussten alle, dass dieser Tag kommt. Wir wussten, dass SIE uns schlachten und uns fressen. Doch wir sehen uns auf der anderen Seite wieder. Dort treffen wir auch unsere alten Freunde. Unsere Familien. Eines Tages wird auch über SIE gerichtet werden. Eines Tages wird eine Spezies kommen und SIE einfangen. Mästen. IHRE Weibchen werden vergewaltigt. Bekommen Kinder, die IHNEN entrissen werden, nur um SIE zu melken! Und wenn SIE nicht mehr gebraucht werden, dann werden auch SIE geschlachtet, um gefressen zu werden! Wir schauen dann von der anderen Seite zu und sagen, das geschieht EUCH recht!«

»Und wie wir sagen werden, das geschieht EUCH recht«, brüllt Frida mit dem Mut der Verzweiflung.

Am nächsten Tag werden die Frauen wieder von einem laut Knall geweckt. Und wieder rennt Susi gegen die Stangen. »Müssen wir uns das jetzt die ganze Zeit bis Sonntag anhören?«, jammert die dunkelhäutige Frau, deren Fett über die Fußwurzel quillt.

»Dein Gejammer macht die Situation auch nicht angenehmer«, gibt Frida ungewohnt bissig zurück. Frida schleppt sich zum Wasserkrug. Beim Gehen humpelt sie merklich. Die Schmerzen stehen ihr förmlich ins Gesicht geschrieben. Bei jedem Schritt verzieht sich ihr Gesicht immer weiter zu einer Grimasse. Am Wasserkrug angekommen, pausiert sie erst einmal und muss zu Atem kommen. Tief atmet sie ein und schwerfällig atmet sie aus. Dann trinkt sie gierig die lauwarme Brühe. Ebenso völlig außer Atem gesellt sich Karla zu ihr. »Vielleicht ist es ganz gut, dass wir geschlachtet werden! Solche Schmerzen hatte ich früher nicht«, sagt sie.

Frida schaut auf. »Vielleicht hat mein Carlo alles richtig gemacht. Er erkannte, dass das hier alles keinen Sinn ergibt. Wir fressen. Werden fett. Unser Körper zerbricht unter dieser Last. Wir leben mit Schmerzen. Und dann. Dann schlachten SIE uns. Was für Monster SIE sind!«

»Ich erinnere mich noch schwach daran. Wie nett SIE früher im Stall waren. IHRE Kinder rannten immer in die Ställe. Manchmal bürsteten SIE uns. Ich fühlte mich dann so verbunden mit IHNEN. Doch das hier. Das ist nicht das Leben, das meine Mutter für mich gewollt hätte.«

Frida und Karla kuscheln sich aneinander. Währenddessen ist im Hintergrund Susi zu hören. Sie rennt wild durch den Käfig. Und die anderen eingesperrten Frauen fliehen aufgebracht vor der wildgewordenen Frau. Der matschige Boden wird aufgewühlt und es spritzt Dreck durch die Gegend. Auch auf Karla und Frida regnet es immer wieder Matschreste. Doch die beiden, inzwischen ins Alter gekommenen Frauen, bleiben gelassen am Wasserkrug stehen. Selbst, als Susi auf sie zurast, bleiben sie eng aneinander stehen. Kurz bevor Susi in Karla reinrasselt, macht Susi eine Kehrtwende und saust auf die weiße Frau zu. Diese reagiert jedoch zu spät und es haut sie von den Beinen. Susi rennt jedoch weiter umher. Tritt nach den anderen.

»Hilfe! HILFE!«, ruft eine Frau ganz aufgebracht.

»Sie glaubt doch nicht wirklich, dass einer von IHNEN uns hilft«, schnaubt Karla halb belustigt, halb verächtlich. Dann rennt Susi wieder gegen die Stangen.

»Zum Glück mussten Magda und Henriette dieses Chaos nicht miterleben!« Frida schüttelt den Kopf.

Karla bringt es zum Lachen. »Stell dir mal vor, sie hätte es mitbekommen!«

Jetzt muss auch Frida lachen. Es ist ein dumpfes Lachen der beiden. Von dem jugendlichen Esprit ihrer vergangenen Tage ist nur noch wenig zu spüren.

Der Donnerschlag, den Susis Kopf erzeugt, immer, wenn er gegen die Gitterstäbe stößt, weckt die beiden Freundinnen auf. Karla schaut zu Frida und sagt mit einem Gähnen: »Heute ist es soweit.« Frida nickt bedächtig. Frida und Karla schleppen sich zum Futterkrug und genehmigen sich ein Frühstück. Sie reden nicht miteinander. Nicht, wie sie es sonst immer taten. Und auch die anderen Frauen sind still. Außer dem Donnern, den Susis Kopf erzeugt, ist nichts zu hören.

Dann öffnet sich eine Käfigtür. Eine laute Sirene heult bedrohlich auf. Hals über Kopf rennen die Frauen durch das Tor. »Freiheit! Wir kommen frei!«, schreit eine beim Rausrennen. Frida und Karla trotten ihnen gemächlich nach. Hinter ihnen schnellt die Käfigtür wieder zu. Die Frauen stehen im Gang vor der nächsten Tür. Diese öffnet sich. Mitarbeiter peitschen die Frauen an. So rennen sie nun mehr angsterfüllt durch das zweite Tor. Auch Karla und Frida werden durch die Peitsche angetrieben. Sie landen in einer Halle.

»Mann, sind das riesige Monster! Das sind SIE also?«, staunt eine Frau.

»Nein, das sind ihre Maschinen, die für SIE arbeiten«, erklärt Karla die Produktionshalle.

»Was sind das für Tentakel?«, schreit eine weitere Frau.

Greifarme schnappen sich je eine Frau am Fuß. Sobald diese zuschnappen, reißen sie die schweren Frauen in die Luft. »HILFE! HILFE!«, schreien sie durcheinander. Die Köpfe hängen Richtung Boden. Die Haare tun es dem Kopf gleich. Mit den freien Händen wedeln sie aufgeregt umher.

»Tu' doch was, Karla! Ich will nicht sterben!«

Doch auch Karla hängt an einem Greifarm. Auch ihr hängt das Fett Richtung Boden. Ihre großen Brüste hängen ebenso schlapp hinunter.

Die Frauen baumeln mit dem Kopf hinab in einer Reihe an einem Bein in der Luft. »Mein Fuß!«, heult die dunkelhäutige Frau. Und auch die anderen Frauen heulen. Schreien. Schimpfen. Die einen voller Angst. Die anderen wütend.

Einer von IHNEN schreitet durch die Reihen und zählt sie alle durch. Die Greifarme setzten sich in Gang und fahren die in der Luft hängenden Frau zur nächsten Station.

Der Greifarm um Karlas Fuß hält sie so stark fest, dass ihr Blut über den Knöchel fließt. Es tropft ihrem Schenkel entlang, über ihren Bauch und zum Hals. Um dann an ihrem Kinn hinunterzuspringen.

»Ich bin froh, es mit dir zusammen durchzustehen!«, stöhnt Frida schmerzerfüllt auf.

Die Maschinen bewegen sich ratternd weiter. Karla sieht nun den Anfang der Reihe. Susi ist die erste. Sie hängt wie die anderen auch kopfüber. Ein Mitarbeiter hebt ein Messer. Susi schreit auf. »Komm mir nicht zu nah! Ich bring' dich ...« Die letzten Worte werden durch ein blutiges Gurgeln erstickt. Der Mitarbeiter hat Susi das Messer in die Kehle gerammt und mit einem großen Schnitt rausgezogen. Susi ist nicht sofort tot. Ihr Kampfeswillen ist noch gut zu beobachten. Sie strampelt. Probiert, den Mitarbeiter zu treffen. Sie versucht, zu schreien, doch mehr als ein Blubbern ist nicht zu vernehmen. Der Greifarm fährt sie weiter in eine Maschine, in die sie ohne Rücksicht hineingeworfen wird. Die Frau plumpst in eine Rutsche. Wo sie hart aufschlagend auf einer Ablage landet.

Dort wartet schon der nächste Mitarbeiter. Dieser zieht eine Kettensäge auf. Das Knattergeräusch droht der Frau. Es schreit sie voller Vorfreude an. Doch Susi ist zu geschwächt, um aufzustehen. Sie liegt auf der Ablage. Sie blickt zum Mitarbeiter und sieht, wie er die Kettensäge an ihr Schenkel ansetzt. Das Blut spritzt durch den ganzen Raum. Ratternd drückt er ihr die Säge weiter ins Fleisch hinein. Susis schmerzerfülltes Röhren ist trotz der schreienden Kettensäge zu vernehmen. Am Knochen angekommen, stottert die Säge angestrengt. Doch rattert sie unermüdlich weiter. Bis der Schenkel abgesägt ist. Der Mitarbeiter nimmt sich der nächsten Gliedmaßen an.

Karla sieht, wie einer Frau nach der anderen die Kehle aufgeschnitten und durch die Rutsche gejagt wird. Dann ist Frida dran. »Nein! Nicht meine Frida!«, stöhnt Karla verzweifelt auf. Dies hilft nichts, auch Frida wird das Messer brutal in die Kehle gerammt. Das Blut quillt aus der Wunde vorbei am Messer hervor, doch sobald der Mitarbeiter es rausieht, spitzt es nur so heraus. Frida dreht sich ein Stück, sodass auch Karla das Blut ihrer

Freundin ins Gesicht abbekommt. »Nein! Nicht meine Frida«, jammert Karla kläglich. Dann wirft der Greifarm auch Frida unachtsam die Rutsche hinab. Schon stößt der Mitarbeiter Karla ebenfalls das Messer in die Kehle. Er reißt es nieder und aus dem Hals raus. Ihr Blut strömt aus der Wunde. Sie zappelt mit ihren Armen. Der Greifarm schmeißt sie die Rutsche hinunter und Karla plumpst auf eine Ablage direkt neben Frida. Frida wird schon von einer knatternden Kettensäge in Stücke geteilt. Der Geruch von Blut liegt in der Luft. Das Rattern der Kettensäge schreit wild durch die Halle. Dann pausiert die Säge für einen Moment und die Frau macht ARGH.